華志文化

華志文化

人間詞話

中國古典文學評論里程碑作品

王國維◎編著

中國近代文學批評史上具有崇高的地位。也常被看作是現代中國美學的開山之作，對中國古典詞話、美學等方面的賞析與評述精闢獨到、妙語連珠。

本書被認為是晚清時期的最具影響力的美學詩詞著作。「境界」說是《人間詞話》的核心，它把多種多樣的藝術境界劃分為三種基本形態：「上焉者，意與境渾；其次，或以境勝；或以意勝。」

國學經典 原味呈現

《人間詞話》由著名學者王國維創作於一九〇八～一九〇九年間，最初發表於《國粹學報》，集中體現了他的文學、美學思想。它的理論核心是「境界」說，並把這個詞轉換為現代中國美學的一個重要標誌詞。

前言：人間詞話（王國維詩詞欣賞）

《人間詞話》是中國近代最富盛名的一部詞話著作，是中國古典文學評論里程碑式的作品，在中國近代文學批評史上具有崇高的地位。

它也常被看作是現代中國美學的開山之作，對中國古典詞話、美學等方面的賞析與評述精闢獨到、妙語連珠，被認為是晚清時期創作的最具影響力的文藝美學著作。

它用傳統的詞話形式及傳統的概念、術語和思維邏輯，較為自然地融進了一些新的觀念和方法，是作者接受了西洋美學思想洗禮之後，以嶄新的眼光對中國古文學所作的評論。

《人間詞話》由著名學者王國維創作於一九〇八～一九〇九年間，最初發表於《國粹學報》，集中體現了他的文學、美學思想。它的理論核心是「境界」說，並把這個詞轉換為現代中國美學的一個重要標誌詞。

該書觀點新穎，立論精闢，精義迭出，特別是書中提出的三重境界說，一直受到國內外學者的重視。《人間詞話》與中國相襲已久的詩話、詞

話類作品的體例，並無顯著差別，但它已初具理論體系，在舊日詩詞論著中，稱得上是一部屈指可數的作品，甚至在詞論界，許多人把它奉為圭臬。

「境界」說是《人間詞話》的核心，它把多種多樣的藝術境界劃分為三種基本形態：「上焉者，意與境渾；其次，或以境勝；或以意勝。」上等的藝術境界，只有大詩人才能創造出這種「意與境渾」的境界。第一次提出了「造境」與「寫境」，造境是充分發揮想像力，使萬物皆為我驅遣，這是浪漫主義的創作手法；寫境是極具狀物之才，能隨物婉轉，是現實主義的創作手法。

在「理想」與「寫實」的關係中，作者認為文藝創作必有取捨，既有主觀理想的注入，也離不開客觀的材料和基本法則，所以，「理想」與「寫實」二者的結合有充分的客觀根據。

《人間詞話》在中西理論的融合中，突破了中國古典詩學的內涵和視角，達到了一個到更高、更廣闊的學術層次。

《人間詞話》把康得美學的「無利害關係」思想，以及叔本華的哲學

思想，形成了「無我之境」和「以物觀物」的理論。

書中不僅用「境界」來描述中國文學藝術的底蘊和精神，還用「境界」來揭示人類心靈品質的不同精神世界。

即「古今之成大事業、大學問者，必經過三種境界：

『昨夜西風凋碧樹。獨上高樓，望盡天涯路。』此第一境也。

『衣帶漸寬終不悔，為伊消得人憔悴。』此第二境也。

『衆裡尋她千百度，驀然回首，那人卻在燈火闌珊處。』此第三境也。」

「境界」在這裡指人生的境界，具有生命哲學的內涵和視野。《人間詞話》既依據國學又熔鑄西學，從古典過渡到現代，由詩歌拓展到人生，經詩詞而通往哲學，從而告別傳統詩話，提煉為現代中國美學的一個重要範疇。

王國維初名國楨，字靜安，又字伯隅，晚號觀堂（甲骨四堂之一），出生於浙江杭州府海寧的書香世家，父親王乃譽，是宋安化郡王三十二世裔孫。王氏家族因抗金名將王稟，及襲封前爵，賜第鹽官的王沆，在

海寧受到當地人民的長期敬仰。

他在清末的科舉考試中並不順利，後來在家鄉教書，之後赴上海求學，也曾東渡日本留學。

回國後，他成為《教育世界》雜誌的主筆和代主編，發表了大師編譯作品，還曾任教於南通師範學校、江蘇師範學堂等。

一九一一年辛亥革命後，清政府解體，王國維再次東渡日本，回國後，曾在北京大學研究所擔任國學門通訊導師，後在清華大學國學研究院任導師。

一九二七年六月二日，王國維在頤和園投湖自盡，遺書寫道：「五十之年，只欠一死；經此世變，義無再辱。」給後人留下許多遺憾和猜測。

王國維在現代中國哲學、文學、戲劇史、甲骨金文、歷史學、敦煌學以及西北地理、蒙元史等領域，都做出了卓越的貢獻。

他把西方哲學、美學思想與中國古典哲學、美學思想相融合，形成了獨特的美學思想體系，繼而專攻詞曲戲劇，後又轉治史學、古文字學、考古學。

王國維被譽為中國近現代最重要的美學和文學思想家，也被郭沫若稱為新史學的開山鼻祖。

王國維一生著述甚豐，代表作品有《人間詞話》《宋元戲曲考》《觀堂集林》《海寧王靜安先生遺書》《紅樓夢評論》《古史新證》《曲錄》等六十二種。

在傳統詩話的意義上，《人間詞話》的「境界」說，作為中國古典詩學和藝術理論的概念，在唐代就已出現，宋明使用更為廣泛，僅清代，使用這一概念的著名學者就有二十多人。

但王國維的「境界」說不僅是對前人理論的繼承，更是一個飛躍和創新。

葉嘉瑩先生把王國維的「境界」與嚴羽的「興趣」、王士禎的「神韻」進行比較，認為嚴羽所謂「興趣」，偏重在感受作用本身之感發活動。

王士禎所謂「神韻」，偏重在由感興所引起的言外情趣；至於王國維所謂「境界」，則偏重在所引發之感受在作品中具體之呈現前兩人較為空靈，王國維較為質實，所表明的體認和說明要明白切實得多，較之以

前的說詩人，確實有著更為真切深入之體認的。

我們這次注釋的《人間詞話》，正文以通行本為底本，注釋詳細，翻譯流暢準確。由於此書是清末的經典詩詞評論讀物，適合不同古文學水準的愛好者閱讀，尤其是希望打好古詩詞基礎的中小學生。

編著簡介：王國維

字（靜安）（一八七七年十二月三日～一九二七年六月二日），初名德楨，字靜安，又字伯隅，初號禮堂，晚號觀堂（甲骨四堂之一），又號永觀，諡忠愨。浙江杭州府海寧人，中國學者、國學大師。

王國維與梁啟超、陳寅恪、趙元任號稱清華國學研究院的「四大導師」。

中國新學術的開拓者，連接中西美學的大家，在文學、美學、史學、哲學、金石學、甲骨文、考古學等領域成就卓著。

王國維精通英文、德文、日文，使他在研究宋元戲曲史時獨樹一幟，成為用西方文學原理批評中國舊文學的第一人。

陳寅恪認為王國維的學術成就「幾若無涯岸之可望、轍跡之可尋」。

著述甚豐，有《海寧王靜安先生遺書》、《紅樓夢評論》、《宋元戲曲考》、《人間詞話》、《觀堂集林》、《古史新證》、《曲錄》、《殷周制度論》、《流沙墜簡》等六十二種。

目錄：（王國維）人間詞話

一 定稿六十四則（人間詞話）

一　定稿六十四則

〔一〕詞以境界為最上。有境界①，則自成高格，自有名句。五代、北宋之詞所以獨絕者在此。

【注釋】

①境界：指事物所達到的程度或表現的情況。特指詩、文、畫等的意境。王國維所指為「言有盡而意無窮」（《滄浪詩話．詩辨》）。

【譯文】

詞以境界為最高審美標準判斷高下優劣。詞有了境界就自然會形成崇高的格調，自然產生傳世的名句。五代和北宋時期的詞之所以高明絕妙，原因就在這裡。

〔二〕有造境，有寫境，此「理想」與「寫實」二派之所由分。然二者頗難分別，因大詩人所造之境，必合乎自然，所寫之境，亦必鄰於理想故也。

【譯文】

創造想像出來的境界稱為造境，描寫真實存在的境界稱為寫境，造境和寫境是區分理想主義和寫實主義兩個不同流派的主要依據。

但是二者又很難辨別清楚。因為大詩人所創造的境界必定合乎自然，所描寫的境界也必然接近心中理想的境界。

〔三〕有我之境，有無我之境。

「淚眼問花花不語，亂紅飛過秋千去」①，「可堪孤館閉春寒，杜鵑聲裡斜陽暮」②，有我之境也。「采菊東籬下，悠然見南山」③，「寒波澹澹起，白鳥悠悠下」④，無我之境也。有我之境，以我觀物，故物皆著我之色彩。無我之境，以物觀物，故不知何者為我，何者為物。古人為詞，寫有我之境者為多。然未始不能寫無我之境，此在豪傑之士能自樹立耳。

【注釋】

①出自歐陽修的《蝶戀花》，一說此首為馮延巳所作。意思是：淚眼汪汪問落花，落花默默不語，只見花片紛亂地飄飛過秋千去。

②出自秦觀的《踏莎行》。意思是：怎能忍受獨居在孤寂的客館，正值春寒料峭，斜陽西下時，杜鵑聲聲哀鳴。

③出自陶淵明《飲酒》第五首。意思是：在東邊籬笆下採擷菊花時，悠然間抬頭看見南山勝景。

④出自元好問的《潁亭留別》。意思是：波濤淡淡地閃著寒光，白色小鳥慢悠悠地飛下山去。

【譯文】

有「有我之境」和「無我之境」兩種不同的境界。「淚眼問花花不語，亂紅飛過秋千去」，「可堪孤館閉春寒，杜鵑聲裡斜陽暮」，這就是有我的境界。

「采菊東籬下，悠然見南山」，「寒波澹澹起，白鳥悠悠下」，這是無我的境界。「有我之境」是指所描寫的景物或營造的意境都染上了自我的主觀色彩。

「無我之境」是指作者用客觀物化的我去觀察外部環境，所以分不清哪個是主觀的我，哪個是客觀的物。

古人寫詞，寫有我的境界比較多，但這並不意味著他們不能寫無我的境界，那些有才華的名家能夠得心應手地運用而有所建樹。

蝶戀花

歐陽修

庭院深深深幾許？
楊柳堆煙，簾幕無重數。
玉勒雕鞍遊冶處，樓高不見章台路。
雨橫風狂三月暮，門掩黃昏，無計留春住。
淚眼問花花不語，亂紅飛過秋千去。

踏莎行

秦觀

霧失樓臺，月迷津度，桃源望斷無尋處。
可堪孤館閉春寒，杜鵑聲裡斜陽暮。
驛寄梅花，魚傳尺素，砌成此恨無重數。
郴江幸自繞郴山，為誰流下瀟湘去！

飲酒詩　其五

陶淵明

結廬在人境，而無車馬喧。
問君何能爾，心遠地自偏。

采菊東籬下，悠然見南山。
山氣日夕佳，飛鳥相與還。
此中有真意，欲辨已忘言。

潁亭留別

元好問

故人重分攜，臨流駐歸駕。
乾坤展清眺，萬景若相借。
北風三日雪，太素秉元化。
九山郁崢嶸，了不受陵跨。
寒波澹澹起，白鳥悠悠下。
懷歸人自急，物態本閒暇。
壺觴負吟嘯，塵土足悲吒。

回首亭中人，平林淡如畫。

〔四〕無我之境，人惟於靜中得之。有我之境，於由動之靜時得之。故一優美，一宏壯也。

【譯文】

無我的境界，人們只有在靜觀中才能得到。有我的境界，要在從動到靜的動態過程中取得。所以無我的境界優美，有我的境界壯麗。

〔五〕自然中之物，互相關係，互相限制。然其寫之於文學及美術中也，必遺其關係限制之處。故雖寫實家，亦理想家也。又雖如何虛構之境，其材料必求之於自然，而其構造，亦必從自然之法則。故雖理想家，亦寫實家也。

【譯文】

自然界中的事物是互相關係、互相限制的，並非孤立存在。但是，要將自然界中事物表現到文學和美術作品中，就必然要捨棄它們互相關係、互相限制的地方。

所以即便是寫實家，同時也會是理想家。

另外，不管怎樣虛構的境界，它的材料一定來源於自然，並且它的結構也必然服從自然界的法則。

因此即使是理想家，同時也是寫實家。

〔六〕境非獨謂景物也，喜怒哀樂，亦人心中之一境界。故能寫真景物、真感情者，謂之有境界。否則謂之無境界。

【譯文】

所謂境界，並不是單指景物而言。喜、怒、哀、樂的感情變化，也是

人心中的一種境界。所以能寫出真景物、真感情的作品，才是有境界。否則就是無境界。

〔七〕「紅杏枝頭春意鬧①」，著一「鬧」字，而境界全出；「雲破月來花弄影②」，著一「弄」字，而境界全出矣。

【注釋】

①出自宋祁的《玉樓春．春景》。意思是：紅豔的杏花在枝頭綻放，張揚著春意盎然的景色。

②出自張先的《天仙子》。意思是：明月衝破雲層的阻礙，晚風吹起花枝，影子在月光下婆娑搖曳。

【譯文】

「紅杏枝頭春意鬧」，用這個「鬧」字，將生機勃勃的春天境界完全顯現出來；「雲破月來花弄影」，寫這個「弄」字，將月下花影的境界

全然表達出來。

玉樓春・春景

宋祁

東城漸覺風光好，縠皺波紋迎客棹。
綠楊煙外曉寒輕，紅杏枝頭春意鬧。
浮生長恨歡娛少，肯愛千金輕一笑。
為君持酒勸斜陽，且向花間留晚照。

天仙子

張先

水調數聲持酒聽，午醉醒來愁未醒。送春春去幾時回？臨晚鏡，傷流景，往事後期空記省。
沙上並禽池上暝，雲破月來花弄影。重重簾幕密遮燈，風不定，人初靜，明日落紅應滿徑。

〔八〕境界有大小，不以是而分優劣。「細雨魚兒出，微風燕子斜①」，何遽不若「落日照大旗，馬鳴風蕭蕭②」。「寶簾閑掛小銀鉤③」，何遽不若「霧失樓臺，月迷津渡④」也。

【注釋】

①出自杜甫的《水檻遣心》。意思是：魚兒在細雨中出沒，燕子迎著微風低飛。

②出自杜甫的《後出塞》。意思是：夕陽照耀下的大旗和蕭瑟秋風中的馬

嗚。

③出自秦觀《浣溪沙》。意思是：隨意用小銀鉤將寶簾掛起。

④出自秦觀的《踏莎行》。意思是：霧迷蒙，樓臺依稀難辨，月色朦朧，渡口也隱匿不見。

【譯文】

境界有大境界和小境界之分，但不能據此來評定境界的高下。「細雨魚兒出，微風燕子斜」為什麼就不如「落日照大旗，馬鳴風蕭蕭」。「寶簾閑掛小銀鉤」為什麼就不如「霧失樓臺，月迷津渡」。（正是因為境界大小的區別）

水檻遣心 二首之一

杜甫

去郭軒楹敞，無村眺望賒。
澄江平少岸，幽樹晚多花。
細雨魚兒出，微風燕子斜。
城中十萬戶，此地兩三家。

後出塞　五首之一

杜甫

朝進東門營，暮上河陽橋。
落日照大旗，馬鳴風蕭蕭。
平沙列萬幕，部伍各見招。
中天懸明月，令嚴夜寂寥。
悲笳數聲動，壯士慘不驕。
借問大將誰，恐是霍嫖姚。

浣溪沙

秦觀

漠漠輕寒上小樓，曉陰無賴似窮秋，淡煙流水畫屏幽。

自在飛花輕似夢，無邊絲雨細如愁，寶簾閑掛小銀鉤。

踏莎行

秦觀

霧失樓臺，月迷津度，桃源望斷無尋處。

可堪孤館閉春寒，杜鵑聲裡斜陽暮。

驛寄梅花，魚傳尺素，砌成此恨無重數。

郴江幸自繞郴山，為誰流下瀟湘去！

〔九〕嚴滄浪①《詩話》謂：「盛唐諸公（公當為人），唯在興趣，羚羊掛角②，無跡可求。故其妙處，透澈（澈當為徹）玲瓏，不可湊拍③（拍當為泊）。如空中之音，相中之色，水中之影（影當為月），鏡中之象，言有盡而意無窮。」余謂：北宋以前之詞，亦復如是。然滄浪所謂興趣，阮亭④所謂神韻，猶不過道其面目，不若鄙人拈出「境界」二字，為探其本也。

【注釋】

①嚴滄浪：嚴羽，南宋詩論家、詩人。字丹丘，一字儀卿，自號滄浪逋客，世稱嚴滄浪。羚羊掛角：

②羚羊夜宿，掛角於樹，腳不著地，以避禍患。舊時多比喻詩的意境超脫。

③湊拍：湊合，拼湊。

④阮亭（一六三四年～一七一一年），原名王士禛，字子真，一字貽上、豫孫，號阮亭，又號漁洋山人，人稱王漁洋。清初傑出詩人、文學家。

【譯文】

嚴羽在《滄浪詩話》中說：「盛唐的作者，只是追求興趣，他們的作品好像羚羊掛角，沒有蹤跡可尋。所以作品的妙處是顯明透徹，精巧玲

瓏，而不是勉強拼湊的。這就好像是空中的聲音、相貌的色彩、水中的影子、鏡中的形象，含義深刻，回味無窮。」

我認為：北宋以前的詞，也還是像嚴羽所說的那樣。但是，他所說的「興趣」，王士禎所說的「神韻」，還只是說到詞的面目而已，不如我提出的「境界」二字，可以探求到詞的本源。

〔十〕太白純以氣象勝。「西風殘照，漢家陵闕①」，寥寥八字，遂關千古登臨之口。後世唯范文正②之《漁家傲》、夏英公③之《喜遷鶯》，差足繼武④，然氣象已不逮矣。

【注釋】

①「西風殘照，漢家陵闕」出自李白《憶秦娥》，西風殘照的景象，如同漢代顯赫一時的帝王盛世，已經成為過去。

②范文正：范仲淹（九八九年～一〇五二年），字希文，北宋著名的思想家、政治家、軍事家、文學家。諡號文正，世稱范文正公。

③夏英公：夏竦，字子喬，北宋大臣，古文字學家，封英國公。

④繼武：原意是足跡相接，比喻繼續前人的事業。武，足跡。

【譯文】

李白純粹以氣韻風格取勝。他的「西風殘照，漢家陵闕」，只這八個字，竟使千古以來所有登臨類的詞句都不敢匹敵。後代的作者，只有范仲淹的《漁家傲》和夏竦的《喜遷鶯》，勉強可以算有所繼承，但是詞中的氣韻風格難以企及。

憶秦娥

李白

簫聲咽，秦娥夢斷秦樓月。
秦樓月，年年柳色，霸陵傷別。
樂游原上清秋節，咸陽古道音塵絕。

音塵絕，西風殘照，漢家陵闕。

漁家傲·秋思

范仲淹

塞下秋來風景異，衡陽雁去無留意。
四面邊聲連角起。千嶂裡，長煙落日孤城閉。
濁酒一杯家萬里，燕然未勒歸無計。
羌管悠悠霜滿地。人不寐，將軍白髮征夫淚。

喜遷鶯

夏竦

霞散綺，月垂鉤。簾卷未央樓。

夜涼銀漢截天流，宮闕鎖清秋。
瑤階曙，金盤露。鳳髓香煙霧。
三千珠翠擁宸游，水殿按涼州。

〔十一〕張皋文①謂：飛卿②之詞，「深美閎約」。余謂：此四字唯馮正中③足以當之。劉融齋④謂：「飛卿精豔（豔當為妙）絕人。」差近之耳。

【注釋】

①張皋文：張惠言（一七六一年～一八〇二年）清代詞人、散文家。原名一鳴，字皋文，一作皋聞，號茗柯，武進（今江蘇常州）人。少為詞賦，深於易學，又嘗輯《詞選》，為常州詞派之開山，著有《茗柯文集》。

②飛卿：溫庭筠（ㄩㄣˋ），本名岐，藝名庭筠，字飛卿，太原祁（今天山西省祁縣）人，晚唐時期詩人、詞人。存詞七十餘首，收錄在《花間集》。

③馮正中：馮延巳（九〇三年～九六〇年），五代時期南唐詞人，又名延嗣，字正中，五代廣陵（今江蘇省揚州市）人。仕於南唐烈祖、中主二朝，三

度入相。其詞集名《陽春集》。

④劉融齋：劉熙載（一八一三年～一八八一年），清代文學家。字伯簡，號融齋，晚號寤崖子，江蘇興化人。

【譯文】

張惠言說：溫庭筠的詞深邃美豔、宏闊婉約。我認為：這個評價只有馮延巳才能擔當得起。劉熙載說：溫庭筠的詞精豔絕人。我看這個評價比較接近。

〔十二〕「畫屏金鷓鴣①」，飛卿語也，其詞品似之。「弦上黃鶯語②」，端己③語也，其詞品亦似之。正中詞品，若欲於其詞句中求之，則「和淚試嚴妝④」，殆近之歟？

【注釋】

①「畫屏金鷓鴣」出自溫庭筠的《更漏子》，意思是說溫庭筠的詞，像畫屏上的金鷓鴣，精麗華美。

②「弦上黃鶯語」出自韋莊的《菩薩蠻》，意指韋莊的詞如琴弦上奏出的黃鶯鳴唱，跳脱清新。

③端己：韋莊，字端己，長安杜陵（今陝西省西安市）人，五代前蜀詩人、詞人。詩人韋應物的四代孫，唐朝花間派詞人，有《浣花詞》流傳。曾任前蜀宰相。

④「和淚試嚴妝」出自馮延巳的《菩薩蠻》，意思是說馮延巳的詞，像含著眼淚畫上濃妝，濃麗而哀傷。

【譯文】

「畫屏金鷓鴣」是溫庭筠詞中的一句，他的詞品與之相似。「弦上黃鶯語」是韋莊詞中的一句，他的詞品也是如此。馮延巳的詞品，如果想要用他詞句中的話來代表，那麼「和淚試嚴妝」，大概比較接近吧？

更漏子

溫庭筠

柳絲長，春雨細。
花外漏聲迢遞。
驚塞雁，起城烏。
畫屏金鷓鴣。
香霧薄，透簾幕。
惆悵謝家池閣。
紅燭背，繡簾垂。
夢長君不知。

菩薩蠻

韋莊

紅樓別夜堪惆悵，香燈半卷流蘇帳。
殘月出門時，美人和淚辭。

琵琶金翠羽，弦上黃鶯語。
勸我早歸家，綠窗人似花。

菩薩蠻

馮延巳

嬌鬟堆枕釵橫鳳，溶溶春水楊花夢。
紅燭淚闌杆，翠屏煙浪寒。
錦壺催畫箭，玉佩天涯遠。
和淚試嚴妝，落梅飛曉霜。

〔十三〕南唐中主①詞：「菡萏香銷翠葉殘，西風愁起綠波間②」，大有眾芳蕪穢，美人遲暮③之感。乃古今獨賞其「細雨夢回雞塞遠，小樓吹徹玉笙寒④」，故知解人正不易得。

【注釋】

①南唐中主：李璟（九一六～九六一年），五代時期南唐第二位皇帝，史稱南唐中主。李璟好讀書，多才藝。常與寵臣韓熙載、馮延巳等飲宴賦詩，其詩詞被錄入《南唐二主詞》中。

②「菡萏（ㄏㄢˋ ㄉㄢˋ——荷花）香銷翠葉殘，西風愁起綠波間」出自李璟的《攤破浣溪沙》，意思是：荷花落盡，香氣消散，荷葉凋零，深秋的西風拂動綠水，使人愁緒滿懷。

③眾芳蕪穢，美人遲暮：是屈原《離騷》中的詩句：「雖萎絕其亦何傷兮，哀眾荒之蕪穢。」「惟草木之零落兮，恐美人之遲暮。」

④「細雨夢回雞塞遠，小樓吹徹玉笙寒」出自李璟的《攤破浣溪沙》，意思是：細雨綿綿，夢境中塞外風物緲遠。醒來寒笙嗚咽之聲回蕩在小樓中。

【譯文】

南唐中主李璟的詞寫道：「菡萏香銷翠葉殘，西風愁起綠波間」，很有屈原在《離騷》中「眾芳蕪穢」（芳草容易衰敗）、「美人遲暮」（青春容易消逝）的感慨。但是古今的人們偏偏只欣賞「細雨夢回雞塞遠，小樓吹徹玉笙寒」這一句，由此可見，能真正理解詞作是不容易的。

攤破浣溪沙

李璟

菡萏香銷翠葉殘，西風愁起綠波間。
還與韶光共憔悴，不堪看。
細雨夢回雞塞遠，小樓吹徹玉笙寒。
多少淚珠無限恨，倚闌杆。

〔十四〕溫飛卿之詞，句秀也；韋端己之詞，骨秀也；李重光①之詞，神秀也。

【注釋】

①李重光：李煜（九三七年～九七八年），南唐元宗李璟第六子，初名從嘉，字重光，號鐘隱、蓮峰居士，南唐最後一位國君。

【譯文】

溫庭筠的詞，文句秀美。韋莊的詞，骨格秀美。李煜的詞，神韻秀美。

〔十五〕詞至李後主而眼界始大，感慨遂深，遂變伶工之詞而為士大夫之詞。周介存①置諸溫、韋之下，可謂顛倒黑白矣。「自是人生長恨水長東②」，「流水落花春去也，天上人間③」，《金荃》、《浣花》。④能有此氣象耶？

【注釋】

①周介存：周濟（一七八一～一八三九），清朝詞論家。字保緒，一字介存，江蘇荊溪（今江蘇宜興）人，號未齋，晚號止庵。

②「自是人生長恨水長東」出自李煜的《烏夜啼》，意思是：人生從來就是令人怨恨的事情太多，就像那東逝的江水，沒有休止，永無盡頭。

③「流水落花春去也，天上人間」出自李煜的《浪淘沙》，意思是：美好的春天，像是落花隨著流水，一去不復返，以前的一切與現在相比，一個在天上，一個在人間。

④《金荃》是溫庭筠的詞集，《浣花》是韋莊的詞集。

【譯文】

詞寫到李煜這時，眼界開始擴大，感慨更為深刻，因而使詞從為歌女寫的歌詞變成知識份子言情述志的士大夫之詞。周濟認為李煜的詞不如溫庭筠和韋莊，可說是顛倒黑白了。

「自是人生長恨水長東」，「流水落花春去也，天上人間」，這樣美的詞句，在溫庭筠和韋莊的詞作中能有這樣的氣韻風格嗎？

烏夜啼

李煜

林花謝了春紅，太匆匆。
無奈朝來寒雨晚來風。
胭脂淚，留人醉，幾時重？
自是人生長恨水長東。

浪淘沙

李煜

簾外雨潺潺，春意闌珊，羅衾不耐五更寒。
夢裡不知身是客，一晌貪歡。

獨自莫憑欄，無限江山，別時容易見時難。流水落花春去也，天上人間。

〔十六〕詞人者，不失其赤子之心者也。故生於深宮之中，長於婦人之手，是後主為人君所短處，亦即為詞人所長處。

【譯文】

詞人是沒有喪失赤子之心的人。所以出生在深宮之中，成長在婦人的環境下，是李煜作為國君的短處，但卻是他作為詞人所具備的長處。

〔十七〕客觀之詩人，不可不多閱世，閱世愈深，則材料愈豐富、愈變化，《水滸傳》《紅樓夢》之作者是也。主觀之詩人，不必多閱世。閱世愈淺，則性情愈真，李後主是也。

【譯文】

客觀的詩人，不能不更多地接觸現實生活，瞭解社會越深入，那麼寫作的素材越是豐富多彩、變化萬千。

《水滸傳》和《紅樓夢》的作者就是這樣的。主觀的詩人，不需要深入接觸現實生活，瞭解社會越粗淺，他的性情越真實，李煜就是這樣的人。

〔十八〕尼采謂：「一切文學，余愛以血書者。」後主之詞，真所謂以血書者也。宋道君皇帝①《燕山亭》詞亦略似之。然道君不過自道身世之戚，後主則儼有釋迦、基督擔荷人類罪惡之意，其大小固不同矣。

【注釋】

①宋道君皇帝：宋徽宗趙佶（一〇八二年～一一三五年），宋神宗第十一子、宋哲宗之弟，宋朝第八位皇帝。他信奉道教，自稱「教主道君皇帝」。宋徽宗趙佶在西元一一二七年與其子欽宗趙恒被金兵擄往北方五國城，徽宗在北

行途中，忽見爛漫的杏花，百感交集，寫下了《燕山亭》。

【譯文】

尼采說：「世界上所有文學作品，我只愛用血寫下的。」李煜的詞，真如尼采所說是用血寫下的作品。宋徽宗趙佶的《燕山亭》詞，也有相似之處。

但是趙佶只是訴說自己身世的悲苦而已，李煜卻儼然有釋迦牟尼和耶穌基督那種承擔人類罪惡的意思，他們的境界大小實在並不相同。

燕山亭．北行見杏花

趙佶

裁剪冰綃，輕疊數重，淡著胭脂勻注。
新樣靚妝，豔溢香融，羞殺蕊珠宮女。
易得凋零，更多少無情風雨。

愁苦。閑院落淒涼，幾番春暮。
憑寄離恨重重，這雙燕，何曾會人言語。
天遙地遠，萬水千山，知他故宮何處？
怎不思量，除夢裡有時曾去。無據。
和夢也、新來不做。

〔十九〕馮正中詞雖不失五代風格，而堂廡①特大，開北宋一代風氣。與中、後二主詞皆在《花間》範圍之外，宜《花間集》②中不登其隻字也。

【注釋】

①堂廡：原指堂及四周的廊屋，這裡比喻作品的意境和規模。

②《花間集》：我國五代十國時期編纂的一部詞集，也是我國文學史上的第一部文人詞選集，由後蜀人趙崇祚編輯。本書收錄了溫庭筠、韋莊等十八位花間詞派詩人的經典作品。

【譯文】

馮延巳的詞，雖然保留五代詞的風格，但所創造的境界開闊宏大，為北宋的詞開了新風氣。馮延巳和李煜、李璟的詞都不是花間詞派的風格，難怪《花間集》中沒有收錄他們的詞。

（二十）正中詞除《鵲踏枝》《菩薩蠻》十數闋最煊赫外，如《醉花間》之「高樹鵲銜巢，斜月明寒草①」，余謂：韋蘇州之「流螢渡高閣②」，孟襄陽之「疏雨滴梧桐③」，不能過也。

【注釋】

①「高樹鵲銜巢，斜月明寒草」出自馮延巳的《醉花間》，意思是：喜鵲銜來泥草，在高高的樹枝上築巢建窩，明月斜掛在山頭，照到地上的小草泛起寒光。

②韋蘇州：韋應物（七三七年～七九二年），唐代詩人。因出任過蘇州刺史，世稱「韋蘇州」。「流螢渡高閣」出自韋應物的《寺居獨夜寄崔主簿》，

意思是：高處的樓閣之間螢火蟲的流光滑過。

③孟襄陽：孟浩然（六八九年～七四〇年），唐代詩人，襄州襄陽（今湖北襄陽）人，世稱「孟襄陽」。「疏雨滴梧桐」出自孟浩然的《省試騏驥長鳴》，意思是：稀稀疏疏的雨點，滴落在梧桐葉上。

【譯文】

馮延巳的詞除了《鵲踏枝》《菩薩蠻》等十幾首最為著名外，例如《醉花間》中的「高樹鵲銜巢，斜月明寒草」一句，我認為韋應物的「流螢渡高閣」和孟浩然的「疏雨滴梧桐」都不能超過它。

醉花間

馮延巳

晴雪小園春未到。池邊梅自早。

高樹鵲銜巢，斜月明寒草。
山川風景好。自古金陵道。
少年看卻老。
相逢莫厭醉金杯，別離多，歡會少。

寺居獨夜寄崔主簿

韋應物

幽人寂不寐，木葉紛紛落。
寒雨暗深更，流螢渡高閣。
坐使青燈曉，還傷夏衣薄。
寧知歲方晏，離居更蕭索。

省試騏驥長鳴

孟浩然

微雲淡河漢，疏雨滴梧桐。
逐逐懷良馭，蕭蕭顧樂鳴。

〔二十一〕歐九①《浣溪沙》詞：「綠楊樓外出秋千」，晁補之②謂：只一「出」字，便後人所不能道。余謂：此本於正中《上行杯》詞「柳外秋千出畫牆」，但歐語尤工耳。

【注釋】

①歐九：歐陽修（一〇〇七年～一〇七二年），字永叔，號醉翁、六一居士，吉州永豐（今江西省吉安市永豐縣）人，北宋政治家、文學家。

②晁補之（一〇五三年～一一一〇年），字無咎，號歸來子，濟州巨野（今

屬山東巨野縣）人，北宋時期著名文學家。

【譯文】

歐陽修的《浣溪沙》中有「綠楊樓外出秋千」一句。晁補之說：僅這個「出」字，便是後來作者說不出來的。我說：這句話原來是從馮延巳《上行杯》中的「柳外秋千出畫牆」一句來的，只是歐陽修的語句更為工整精巧。

浣溪沙

歐陽修

堤上遊人逐畫船，拍堤春水四垂天。綠楊樓外出秋千。

白髮戴花君莫笑，六麼催拍盞頻傳。人生何處似尊前。

上行杯

馮延巳

落梅著雨消殘粉，雲重煙輕寒食近。
羅幕遮香，柳外秋千出畫牆。
春山顛倒釵橫鳳，飛絮入簾春睡重。
夢裡佳期，只許庭花與月知。

（二十二）梅聖俞①《蘇幕遮》詞：「落盡梨花春事（事當為又）了，滿地斜（斜當為殘）陽，翠色和煙老。」劉融齋謂：少遊②一生似專學此種。余謂：馮正中《玉樓春》詞：「芳菲次第長相續，自是情多無處足。尊前百計得春歸，莫為傷春眉黛蹙。」永叔③一生似專學此種。

【注釋】

①梅聖俞：梅堯臣（一〇〇二年～一〇六〇年），字聖俞，北宋著名現實

主義詩人。宣州宣城（今屬安徽）人。宣城古稱宛陵，故世稱宛陵先生。

②少遊：秦觀（一〇四九年～一一〇〇年），字太虛，又字少游，北宋文學家，被尊為婉約派一代詞宗。高郵（今江蘇省高郵市）人，別號邗溝居士、淮海居士，世稱淮海先生。

③永叔：指歐陽修。

【譯文】

梅堯臣的《蘇幕遮》中寫道：「落盡梨花春又了，滿地殘陽，翠色和煙老。」劉熙載說：秦觀一生好像專門學習這種意境。

我認為：馮延巳《玉樓春》中的「芳菲次第長相續，自是情多無處足。尊前百計得春歸，莫為傷春眉黛蹙。」這似乎是歐陽修一生專門學習的風格。

蘇幕遮・草

梅堯臣

露堤平，煙墅杳（一ㄠˇ深遠）。亂碧萋萋，雨後江天曉。
獨有庚郎年最少。窣地春袍，嫩色宜相照。
接長亭，迷遠道。堪怨王孫，不記歸期早。落盡梨花春又了。
滿地殘陽，翠色和煙老。

玉樓春

馮延巳

雪雲乍變春雲簇，漸覺年華堪縱目。
北枝梅蕊犯寒開，南浦波紋如酒綠。
芳菲次第長相續，自是情多無處足。
尊前百計得春歸，莫為傷春眉黛蹙。

〔二十三〕人知和靖①《點絳唇》、聖俞《蘇幕遮》、永叔《少年游》三闋為詠春草絕調。不知先有正中「細雨濕流光②」五字，皆能攝春草之魂者也。

【注釋】

①和靖：林逋（九六七年～一〇二八年）字君復，又稱和靖先生，浙江大里黃賢村人（一說杭州錢塘）。北宋著名詞人。

②「細雨濕流光」出自馮延巳的《南鄉子》，意思是：細雨打濕了的青草，映出流動迷離的光彩。

【譯文】

人們都知道林逋的《點絳唇》、梅堯臣的《蘇幕遮》和歐陽修的《少年游》三首詞是吟詠春草的傑作，但不知道在他們之前還有馮延巳寫的「細雨濕流光」一句，這些詞都傳神地刻畫了春草的特性。

點絳唇・草

林逋

金谷年年，亂生春色誰為主。
余花落處，滿地和煙雨。
又是離歌，一闋長亭暮。
王孫去。萋萋無數，南北東西路。

（點絳脣）朝代：宋代作者：李清照

原文：寂寞深閨，柔腸一寸愁千縷。惜春春去。幾點催花雨。

倚遍闌干，只是無情緒。人何處。連天衰草，望斷歸來路。（衰草 一作：芳）

少年游

歐陽修

闌杆十二獨憑春，晴碧遠連雲。
千里萬里，二月三月，行色苦愁人。
謝家池上，江淹浦畔，吟魄與離魂。
那堪疏雨滴黃昏，更特地憶王孫。

南鄉子

馮延巳

細雨濕流光，芳草年年與恨長。
煙鎖鳳樓無限事，茫茫。鸞鏡鴛衾兩斷腸。

魂夢任悠揚，睡起楊花滿繡床。
薄幸不來門半掩，斜陽。負你殘春淚幾行。

（二十四）《詩·蒹葭》一篇，最得風人深致。晏同叔①之「昨夜西風凋碧樹，獨上高樓，望盡天涯路」，意頗近之。但一灑落，一悲壯耳。②

【注釋】

①晏同叔：晏殊（九九一年～一〇五五年），字同叔，撫州臨川（今屬江西進賢縣文港鎮沙河）人，北宋政治家、文學家。晏殊以詞著於文壇，與其子晏幾道，被稱為「大晏」和「小晏」。

②「昨夜西風凋碧樹，獨上高樓，望盡天涯路」出自晏殊的《蝶戀花》，意思是：昨夜西風慘烈，凋零了綠樹，我獨自登上高樓，望盡那消失在天涯的道路。

【譯文】

這篇《詩經·蒹葭》最能體現詩人的深遠情致。晏殊的「昨夜西風凋

碧樹，獨上高樓，望盡天涯路」一句，跟《蒹葭》的意思很相近。只是一個體現出灑脫，一個體現出悲壯。

詩經・蒹葭（ㄐㄧㄢ ㄐㄧㄚ——卑微）

蒹葭蒼蒼，白露為霜。
所謂伊人，在水一方。
溯洄從之，道阻且長。
溯游從之，宛在水中央。
蒹葭淒淒，白露未晞。
所謂伊人，在水之湄。
溯洄從之，道阻且躋。
溯游從之，宛在水中坻。
蒹葭采采，白露未已。
所謂伊人，在水之涘。

溯洄從之，道阻且右。
溯游從之，宛在水中沚。

蝶戀花

晏殊

檻菊愁煙蘭泣露。
羅幕輕寒，燕子雙飛去。
明月不諳離恨苦，斜光到曉穿朱戶。
昨夜西風凋碧樹。
獨上高樓，望盡天涯路。
欲寄彩箋兼尺素，山長水闊知何處。

〔二十五〕「我瞻四方，蹙蹙靡所騁①。」詩人之憂生也。「昨夜西風凋碧樹，獨上高樓，望盡天涯路」似之。「終日馳車走，不見所問津②。」詩人之憂世也。「百草千花寒食路，香車繫在誰家樹③」似之。

【注釋】

①「我瞻四方，蹙蹙靡所騁。」出自《詩經．節南山》，意思是：我舉目四望到處是禍亂，局促狹小無處可以馳騁。

②「終日馳車走，不見所問津。」出自陶淵明《飲酒》第二十首，意思是：世人奔走皆為名利，治世之道無人問津。

③「百草千花寒食路，香車系在誰家樹。」出馮延巳的《鵲踏枝》，意思是：在花團錦簇的寒食節氣，你的車馬不知停在何處。

【譯文】

「我瞻四方，蹙蹙靡所騁。」是詩人對個人命運的擔憂。「昨夜西風凋碧樹，獨上高樓，望盡天涯路」與這句相似。「終日馳車走，不見所問津。」是詩人對世道人心的嗟歎。「百草千花寒食路，香車系在誰家樹」

與這句相似。

詩經・節南山

節彼南山，維石岩岩。
赫赫師尹，民具爾瞻。
憂心如惔，不敢戲談。
國既卒斬，何用不監！
節彼南山，有實其猗。
赫赫師尹，不平謂何。
天方薦瘥，喪亂弘多。
民言無嘉，憯莫懲嗟。
尹氏大師，維周之氐；
秉國之鈞，四方是維。
天子是毗，俾民不迷。
不吊昊天，不宜空我師。
弗躬弗親，庶民弗信。

弗問弗仕，勿罔君子。
式夷式已，無小人殆。
瑣瑣姻亞，則無膴仕。
昊天不傭，降此鞠訩。
昊天不惠，降此大戾。
君子如屆，俾民心闋。
君子如夷，惡怒是違。
不吊昊天，亂靡有定。
式月斯生，俾民不寧。
憂心如酲，誰秉國成？
不自為政，卒勞百姓。
駕彼四牡，四牡項領。
我瞻四方，蹙靡所騁。
方茂爾惡，相爾矛矣。
既夷既懌，如相酬矣。
昊天不平，我王不寧。

不懲其心，覆怨其正。
家父作誦，以究王訩。
式訛爾心，以畜萬邦。

飲酒 第二十首

陶淵明

羲農去我久，舉世少復真。
汲汲魯中叟，彌縫使其淳。
鳳鳥雖不至，禮樂暫得新。
洙泗輟微響，漂流逮狂秦。
詩書復何罪，一朝成灰塵。
區區諸老翁，為事誠殷勤。
如何絕世下，六籍無一親。

終日馳車走，不見所問津。
若復不快飲，空負頭上巾。
但恨多謬誤，君當恕醉人。

鵲踏枝

馮延巳

幾日行雲何處去，忘卻歸來，不道春將暮。
百草千花寒食路，香車系在誰家樹。
淚眼倚樓頻獨語，雙燕飛來，陌上相逢否。
撩亂春愁如柳絮，悠悠夢裡無尋處。

〔二十六〕古今之成大事業、大學問者，必經過三種之境界：「昨夜西風凋碧樹，獨上高樓，望盡天涯路①」，此第一境也。「衣帶漸寬終不悔，為伊

消得人憔悴②」，此第二境也。「眾裡尋他千百度，回頭驀見（回頭驀見當為驀然回首），那人正（正當為卻）在燈火闌珊處③」，此第三境也。

【注釋】

①此等語皆非大詞人不能道。然遽以此意解釋諸詞，恐為晏、歐諸公所不許也。

「昨夜西風凋碧樹，獨上高樓，望盡天涯路」出自晏殊的《蝶戀花》，此處比喻：找到方向前茫然無頭緒，求索無門的疑惑。

②「衣帶漸寬終不悔，為伊消得人憔悴」出自柳永（但作者認為是歐陽修所寫）的《鳳棲梧》，意思是：我日漸消瘦也不覺得懊悔，為了你我情願一身憔悴。此處比喻：找到方向後，執著地在既定的道路上堅定不移地追求目標，不惜花費自己的精力和生命。

③「眾裡尋他千百度，驀然回首，那人卻在燈火闌珊處」出自辛棄疾的《青玉案．元夕》，意思是：我在人群中尋找她千百回，猛然一回頭，不經意間卻在燈火零落之處發現了她。此處比喻：功夫到處，必有所成，最終豁然開朗，達到目標的喜悅和釋然。

【譯文】

自古以來那些成就大事業、大學問的人，都必然經過三種境界：

第一種境界是「昨夜西風凋碧樹，獨上高樓，望盡天涯路」；

第二種境界是「衣帶漸寬終不悔，為伊消得人憔悴」；

第三種境界是「眾裡尋他千百度，驀然回首，那人卻在燈火闌珊處」。

這些話如果不是大詞人是寫不出來的。但是這樣解釋以上幾首詞，恐怕晏殊、歐陽修等詞作者是不會同意的。

蝶戀花

晏殊

檻菊愁煙蘭泣露。

羅幕輕寒，燕子雙飛去。

明月不諳離恨苦，斜光到曉穿朱戶。

昨夜西風凋碧樹。
獨上高樓，望盡天涯路。
欲寄彩箋兼尺素，山長水闊知何處。

鳳棲梧

柳永

佇倚危樓風細細。
望極春愁，黯黯生天際。
草色煙光殘照裡。
無言誰會憑闌意。
擬把疏狂圖一醉，對酒當歌，強樂還無味。
衣帶漸寬終不悔，為伊消得人憔悴。

青玉案．元夕

辛棄疾

東風夜放花千樹。
更吹落、星如雨。
寶馬雕車香滿路，鳳簫聲動，玉壺光轉，一夜魚龍舞。
蛾兒雪柳黃金縷。
笑語盈盈暗香去。
眾裡尋她千百度。驀然回首，那人卻在，燈火闌珊處。

〔二十七〕永叔「①人間（間當為生）自是有情癡，此恨不關風與月」，「直須看盡洛城花，始與東（與東當為共春）風容易別」，於豪放之中有沈著之致，所以尤高。

【注釋】

①「人生自是有情癡，此恨不關風與月」和「直須看盡洛城花，始與春風容易別」出自歐陽修的《玉樓春》。

第一句意思是：人生在世很自然地會有意濃情癡，這種離愁別緒關係不到春風與明月。

第二句意思是：一定要看完洛陽城中開透百花，才要與春風輕鬆地告別。

【譯文】

歐陽修的「人生自是有情癡，此恨不關風與月」，「直須看盡洛城花，始與春風容易別」兩句詞，在豪放中有沉著的韻味，所以比一般作者更顯高明。

玉樓春

歐陽修

尊前擬把歸期說，未語春容先慘咽。
人生自是有情癡，此恨不關風與月。
離歌且莫翻新闋，一曲能教腸寸結。
直須看盡洛城花，始共春風容易別。

〔二十八〕馮夢華①《宋六十一家詞選．序例》謂：「淮海②小山③，古之傷心人也。其淡語皆有味，淺語皆有致。」余謂此唯淮海足以當之。小山矜貴有餘，但可方駕子野④、方回⑤，未足抗衡淮海也。

【注釋】

①馮夢華：馮煦（一八四二年～一九二七年），字夢華，號蒿庵，江蘇金壇人，近代詞人。光緒十二年探花，工詩詞駢文，尤以詞名，所著《蒙香室詞》。

②淮海：指秦觀。

③小山：晏幾道，北宋著名詞人。字叔原，號小山，晏殊第七子。有《小山詞》傳世。

④子野：張先（九九〇年～一〇七八年），字子野，烏程（今浙江湖州吳

興）人。北宋著名詞人，曾任安陸縣的知縣，因此人稱「張安陸」。曾因三處善用「影」字，世稱張三影。

⑤方回：賀鑄（一〇五二年～一一二五年）北宋詞人，字方回。是唐朝賀知章後裔，以知章居慶湖（即鏡湖），故自號慶湖遺老。

【譯文】

馮夢華的《宋六十一家詞選．序例》說：秦觀和晏幾道都是古代的傷心人，他們的平淡詞句卻回味悠長，語言淺顯卻富有情致。我認為這段評論只有秦觀才能相稱。晏幾道雖矜持華貴，只能與張先、賀鑄不相上下，不夠和秦觀相提並論。

〔二十九〕少遊詞境最為淒婉。至「可堪孤館閉春寒，杜鵑聲裡斜陽暮①」，則變而淒厲矣。東坡②賞其後二語，猶為皮相。

【注釋】

①「可堪孤館閉春寒，杜鵑聲裡斜陽暮」出自秦觀《踏莎行》。

②東坡：蘇軾（一〇三七年～一一〇一年），字子瞻，又字和仲，號東坡居士，宋代重要的文學家，宋代文學最高成就的代表。

【譯文】

秦觀的詞境最是淒切委婉。寫出「可堪孤館閉春寒，杜鵑聲裡斜陽暮」，就轉變成淒涼悲切了。蘇軾讚賞他這首詞的最後兩句，是僅僅理解了表面含義。

踏莎行

秦觀

霧失樓臺，月迷津度，桃源望斷無尋處。
可堪孤館閉春寒，杜鵑聲裡斜陽暮。
驛寄梅花，魚傳尺素，砌成此恨無重數。
郴江幸自繞郴山，為誰流下瀟湘去！

〔三十〕「風雨如晦，雞鳴不已①」，「山峻高以蔽日兮，下幽晦以多雨。霰雪紛其無垠兮，雲霏霏而承宇②」，「樹樹皆秋色，山山盡（盡當作唯）落暉③」，「可堪孤館閉春寒，杜鵑聲裡斜陽暮」，氣象皆相似。

【注釋】

①「風雨如晦，雞鳴不已」出自《詩經．風雨》，意思是：風雨交加天色昏暗，雄雞啼叫不止。

②「山峻高以蔽日兮，下幽晦以多雨。霰雪紛其無垠兮，雲霏霏而承宇」出自《楚辭．涉江》。意思是：山峰高峻遮蔽了太陽啊，山下幽深晦暗而陰雨綿綿；雪花紛紛飄落一望無際啊，濃雲密密沉沉佈滿天空。

③「樹樹皆秋色，山山唯落暉」出自王績的《野望》，意思是：所有樹木都染上了秋天的色彩，群山只留下落日的餘暉。

【譯文】

「風雨如晦，雞鳴不已」，「山峻高以蔽日兮，下幽晦以多雨。霰雪紛其無垠兮，雲霏霏而承宇」，「樹樹皆秋色，山山唯落暉」，「可堪

孤館閉春寒，杜鵑聲裡斜陽暮」，這些句子所體現的氣韻風格大致相同。

詩經．風雨

風雨淒淒，雞鳴喈喈。
既見君子，雲胡不夷。
風雨瀟瀟，雞鳴膠膠。
既見君子，雲胡不瘳。
風雨如晦，雞鳴不已。
既見君子，雲胡不喜。

野望

王績

東皋薄暮望，徙倚欲何依。

樹樹皆秋色，山山惟落暉。
牧人驅犢返，獵馬帶禽歸。
相顧無相識，長歌懷采薇。

〔三十一〕昭明太子①稱：陶淵明②詩「跌宕昭彰，獨超眾類。抑揚爽朗，莫之與京」。王無功③稱：薛收④賦「韻趣高奇，詞義晦遠。嵯峨蕭瑟，真不可言」。詞中惜少此二種氣象，前者唯東坡，後者唯白石⑤，略得一二耳。

【注釋】

①蕭統（五〇一年～五三一年），字德施，小字維摩，南朝梁代文學家，梁武帝蕭衍長子，死後諡號「昭明」，故後世又稱「昭明太子」。主持編撰的《文選》又稱《昭明文選》。

②陶淵明：字元亮，又名潛，私諡「靖節」，世稱靖節先生。潯陽柴桑人。東晉末至南朝宋初期偉大的詩人、辭賦家。他是中國第一位田園詩人，著有《陶

淵明集》。

③王無功：王績，字無功，號東皋子，絳州龍門（今山西河津）人，唐代詩人。

④薛收（五九一年～六二四年），字伯褒，蒲州汾陰（今山西萬榮縣西南）人，隋朝內史侍郎薛道衡之子。秦王府十八學士之一。

⑤白石：姜夔（ㄎㄨㄟˋ）（一一五四年～一二二一年），字堯章，號白石道人，饒州鄱陽（今江西省鄱陽縣）人。南宋文學家、音樂家。

【譯文】

蕭統說：陶淵明的詩「文筆豪放又顯明，在眾多作品中出類拔萃。它的抑揚頓挫、爽朗明快，也是無人能匹敵的。」

王績說：薛收的賦「韻味情趣高超傑出，其中的含義是隱晦深遠。立意高峻、寂寞淒涼，達到至真的境界」。可惜詞中少有這兩種氣韻，蘇軾有些陶淵明的風格，姜夔有些薛收的風格，也只略得他們一些妙處。

〔三十二〕詞之雅鄭①，在神不在貌。永叔、少游雖作豔語，終有品格。方之美成②，便有淑女與倡伎之別。

【注釋】

①雅鄭：高雅與粗俗。古代儒家以鄭聲為淫邪之音。美成：周邦彥（一〇五六年～一一二一年），北宋詞人。字美成，號清真居士，錢塘（今浙江省杭州市）人。

【譯文】

詞的高雅與粗俗主要看它的內在神韻，而不是看表現形式。歐陽修和秦觀雖然也寫過描寫情愛的詞句，但終究是有品格的。他們與周邦彥比起來，就有淑女與娼妓的區別了。

〔三十三〕美成深遠之致不及歐、秦，唯言情體物，窮極工巧，故不失為一流之作者。但恨創調之才多，創意之才少耳。

【譯文】

周邦彥的詞在情致深遠方面不如歐陽修和秦觀，但他在抒發情懷和描寫景物方面功夫十分到家，因此仍可稱為第一流的作者。只是可惜他在音樂聲律方面的才能出眾，而創造深厚意境的才能不足。

〔三十四〕詞忌用替代字。美成《解語花》之「桂華流瓦①」，境界極妙，惜以「桂華」二字代「月」耳。夢窗②以下，則用代字更多。其所以然者，非意不足，則語不妙也。蓋意足則不暇代，語妙則不必代。此少游之「小樓連苑」，「繡轂雕鞍③」，所以為東坡所譏也。

【注釋】

①「桂華流瓦」出自周邦彥的《解語花·元宵》，意思是：月光從屋頂上傾瀉下來。

②夢窗：吳文英，南宋詞人，字君特，號夢窗，晚年又號覺翁，四明（今浙江寧波）人。著有《夢窗詞集》。

③「小樓連苑」，「繡轂雕鞍」出自秦觀的《水龍吟》。

【譯文】

作詞忌諱使用替代字。周邦彥在《解語花》中的「桂華流瓦」，境界非常美妙。只可惜用「桂華」二字代替「月」字。吳文英之後的詞人使用替代字更多了。

之所以會這樣，不是缺乏真實的思想，就是缺乏語言表達力。如果有充實的思想就不用替代，語言表達力強也不必替代。這正是秦觀的「小樓連苑」，「繡轂雕鞍」兩句詞被蘇軾譏笑的原因。

解語花・元宵

周邦彥

風銷焰蠟，露浥烘爐，花市光相射。

桂華流瓦。纖雲散，耿耿素娥欲下。衣裳淡雅。
看楚女、纖腰一把。簫鼓喧、人影參差，滿路飄香麝。
因念都城放夜。望千門如畫，嬉笑遊冶。
鈿車羅帕。相逢處、自有暗塵隨馬。年光是也。
唯只見、舊情衰謝。清漏移、飛蓋歸來，從舞休歌罷。

水龍吟

秦觀

小樓連苑橫空，下窺繡谷（ㄍㄨˇ——車輪中心的圓木）雕鞍驟。
朱簾半卷，單衣初試，清明時候。
破暖輕風，弄晴微雨，欲無還有。
賣花聲過盡，斜陽院落，紅成陣、飛鴛甃。
玉佩丁東別後。悵佳期、參差難又。

名韁利鎖，天還知道，和天也瘦。花下重門，柳邊深巷，不堪回首。念多情，但有當時皓月，向人依舊。

〔三十五〕沈伯時①《樂府指迷》云：「說桃不可直說破桃，須用『紅雨②』、『劉郎③』等字；說（說當為詠）柳不可直說破柳，須用『章台④』、『灞岸⑤』等字。」若惟恐人不用代字者。果以是為工，則古今類書具在，又安用詞為耶？宜其為《提要》所譏也。

【注釋】

①沈伯時：沈義父，南宋詞論家。字伯時，號時齋，吳江人。著有《樂府指迷》。

②紅雨：代指桃花。李賀《將進酒》中：「況是青春日將暮，桃花亂落如紅雨。」

③劉郎：代指桃花。出自劉禹錫《元和十年自朗州至京戲贈看花諸君子》：

「紫陌紅塵拂面來，無人不道看花回。玄都觀裡桃千樹，盡是劉郎去後栽。」後又作《再游玄都觀》：「百畝庭中半是苔，桃花淨盡菜花開。種桃道士歸何處，前度劉郎今又來。」

④章台：漢長安章台街，是歌妓聚居的地方。韓翃《章台柳．寄柳氏》「章台柳，章台柳，顏色青青今在否？縱使長條似舊垂，也應攀折他人手。」後世以「章台」代柳，又以「章台柳」借指青樓女子。

⑤灞岸：指灞陵岸，在長安東灞陵，古人送客至此，折柳贈別。李白《憶秦娥》中：「年年柳色，灞陵傷別。」後人用「灞岸」代指柳或送別。

【譯文】

沈義父在《樂府指迷》中說：「寫桃不能直接把『桃』字點破，一定要用『紅雨』、『劉郎』等字替代。詠柳不能直接說『柳』，一定要用『章台』、『灞岸』等字替代。」好像惟恐人們不用替代字。

如果只有用替代字才顯得文字精巧，那麼古今的各類書都在，又何必要寫詞呢？難怪他的說法被《四庫提要》批評。

〔三十六〕美成《青玉案》（青玉案當為蘇幕遮）詞：「葉上初陽乾宿雨，水面清圓，一一風荷舉。①」此真能得荷之神理者。覺白石《念奴嬌》《惜紅衣》二詞，猶有隔霧看花之恨。

【注釋】

①「葉上初陽乾宿雨，水面清圓，一一風荷舉。」出自周邦彥的《蘇幕遮》，意思是：荷葉上清晨的陽光曬乾了昨夜的雨，水面上的荷花清潤圓正，荷葉迎著晨風，片片荷葉挺出水面。

【譯文】

周邦彥的《青玉案》（應當是《蘇幕遮》）有這樣一句：「葉上初陽乾宿雨，水面清圓，一一風荷舉。」這句詞真正能夠體現出荷花的神韻。由此感到姜夔的《念奴嬌》《惜紅衣》兩首詞，同樣是詠荷，卻有著「隔霧看花」的遺憾。

蘇幕遮

周邦彥

燎沈香，消溽暑。鳥雀呼晴，侵曉窺簷語。
葉上初陽幹宿雨。水面清圓，一一風荷舉。
故鄉遙，何日去。家住吳門，久作長安旅。
五月漁郎相憶否？小楫輕舟，夢入芙蓉浦。

念奴嬌

姜夔

鬧紅一舸，記來時，嘗與鴛鴦為侶。三十六陂人未到，水佩風裳無數。翠葉吹涼，玉容銷酒，更灑菰蒲雨。嫣然搖動，冷香飛上詩句。

日暮。青蓋亭亭，情人不見，爭忍淩波去。只恐舞衣寒易落，愁入西風南浦。
高柳垂陰，老魚吹浪，留我花間住。田田多少，幾回沙際歸路。

惜紅衣

姜夔

簟枕邀涼，琴書換日，睡餘無力。
細灑冰泉，並刀破甘碧。
牆頭喚酒，誰問訊、城南詩客。
岑寂。高柳晚蟬，說西風消息。
虹梁水陌，魚浪吹香，紅衣半狼藉。
維舟試望，故國渺天北。
可惜渚邊沙外，不共美人遊歷。
問甚時同賦，三十六陂秋色？

〔三十七〕東坡《水龍吟》詠楊花，和韻而似原唱。章質夫①詞，原唱而似和韻。才之不可強也如是！

【注釋】

①章質夫：章楶〔ㄐㄧㄝˋ〕，北宋中晚期的傑出軍事家、政治家。字質夫，福建浦城人。

【譯文】

蘇軾的《水龍吟》是詠楊花，和韻之作，卻像是原唱。章楶的《水龍吟．楊花》是原創，卻好像和韻之作。才能的高低不可勉強，竟是如此不同的結果。

水龍吟．次韻章質夫楊花詞

蘇軾

似花還似非花，也無人惜從教墜。
拋家傍路，思量卻是，無情有思。
縈損柔腸，困酣嬌眼，欲開還閉。
夢隨風萬里，尋郎去處，又還被、鶯呼起。
不恨此花飛盡，恨西園、落紅難綴。
曉來雨過，遺蹤何在，一池萍碎。
春色三分，二分塵土，一分流水。
細看來不是，楊花點點，是離人淚。

水龍吟．楊花

章楶

燕忙鶯懶芳殘，正堤上、楊花飄墜。
輕飛亂舞，點畫青林，全無才思。
閑趁遊絲，靜臨深院，日長門閉。

傍簾散漫，垂垂欲下，依前被、風扶起。
蘭帳玉人睡覺，怪春衣、雪沾瓊綴。
繡床漸滿，香球無數，才圓欲碎。
時見蜂兒，仰粘輕粉，魚吞池水。
望章台路杳，金鞍遊蕩，有盈盈淚。

〔三十八〕詠物之詞，自以東坡《水龍吟》為最工，邦卿①《雙雙燕》次之。白石《暗香》、《疏影》格調雖高，然無一語道著，視古人「江邊一樹垂垂發②」等句何如耶？

【注釋】

①邦卿：史達祖，南宋詞人。字邦卿，號梅溪，汴（河南開封）人，今傳有《梅溪詞》。

②「江邊一樹垂垂發」出自杜甫的《和裴迪登蜀州東亭送客逢早梅相憶見寄》。

【譯文】

詠物的詞自然是以蘇軾的《水龍吟》為第一，史達祖的《雙雙燕》排第二。姜夔的《暗香》和《疏影》，雖然格調較高，但沒有一句話說到點子上，比起古人寫的「江邊一樹垂垂發」等句子是否有些遜色呢？

雙雙燕．詠燕

史達祖

過春社了，度簾幕中間，去年塵冷。
差池欲住，試入舊巢相並。
還相雕梁藻井，又軟語、商量不定。
飄然快拂花梢，翠尾分開紅影。
芳徑。芹泥雨潤。愛貼地爭飛，競誇輕俊。

紅樓歸晚，看足柳昏花暝。
應自棲香正穩，便忘了、天涯芳信。
愁損翠黛雙娥，日日畫闌獨憑。

暗香

姜夔

舊時月色。算幾番照我，梅邊吹笛。
喚起玉人，不管清寒與攀摘。
何遜而今漸老，都忘卻、春風詞筆。
但怪得、竹外疏花，香冷入瑤席。
江國。正寂寂。歎寄與路遙，夜雪初積。
翠尊易泣。紅萼無言耿相憶。
長記曾攜手處，千樹壓、西湖寒碧。
又片片，吹盡也，幾時見得。

疏影

姜夔

苔枝綴玉，有翠禽小小，枝上同宿。
客裡相逢，籬角黃昏，無言自倚修竹。
昭君不慣胡沙遠，但暗憶、江南江北。
想佩環、月夜歸來，化作此花幽獨。
猶記深宮舊事，那人正睡裡，飛近蛾綠。
莫似春風，不管盈盈，早與安排金屋。
還教一片隨波去，又卻怨、玉龍哀曲。
等恁時、重覓幽香，已入小窗橫幅。

和裴迪登蜀州東亭送客逢早梅相憶見寄

杜甫

東閣官梅動詩興，還如何遜在楊州。
此時對雪遙相憶，送客逢春可自由。
幸不折來傷春暮，若為看去亂鄉愁。
江邊一樹垂垂發，朝夕催人自白頭。

〔三十九〕白石寫景之作，如「二十四橋仍在，波心蕩、冷月無聲①」，「數峰清苦，商略黃昏雨②」，「高樹晚蟬，說西風消息③」，雖格韻高絕，然如霧裡看花，終隔一層。梅溪④、夢窗諸家寫景之病，皆在一「隔」字。北宋風流，渡江遂絕。抑真有運會存乎其間耶？

【注釋】

①「二十四橋仍在，波心蕩、冷月無聲」出自姜夔的《揚州慢》，意思是：二十四橋依然還在，江心波浪蕩漾，淒冷的月色，處處寂靜無聲。

②「數峰清苦，商略黃昏雨」出自姜夔的《點絳唇》，意思是：遠處的幾座孤峰呈現出一派蕭瑟愁苦的樣子，似乎在醞釀黃昏時的一場大風雨。

③「高樹晚蟬，說西風消息」出自姜夔的《惜紅衣》，意思是：晚蟬在高高的樹上鳴叫，彷佛給人們帶來秋天的消息。

④梅溪：指史達祖。

【譯文】

姜夔寫景的作品，如「二十四橋仍在，波心蕩、冷月無聲」，「數峰清苦，商略黃昏雨」，「高樹晚蟬，說西風消息」，這些詞句雖然格調高遠，但好像是霧裡看花，終究隔著一層。史達祖和吳文英等人寫景的通病，也都在一個「隔」字。北宋時代詞壇的超逸佳妙，渡江後到了南宋就斷絕了。難道真有所謂時運際會嗎？

揚州慢

姜夔

淮左名都，竹西佳處，解鞍少駐初程。
過春風十里，盡薺麥青青。
自胡馬窺江去後，廢池喬木，猶厭言兵。
漸黃昏，清角吹寒，都在空城。
杜郎俊賞，算而今、重到須驚。
縱豆蔻詞工，青樓夢好，難賦深情。
二十四橋仍在，波心蕩、冷月無聲。
念橋邊紅藥，年年知為誰生。

點絳唇

姜夔

燕雁無心，太湖西畔隨雲去。
數峰清苦。商略黃昏雨。
第四橋邊，擬共天隨往。
今何許。
憑闌懷古。
殘柳參差舞。

惜紅衣

姜夔

簟枕邀涼，琴書換日，睡余無力。
細灑冰泉，並刀破甘碧。
牆頭喚酒，誰問訊、城南詩客。
岑寂。高柳晚蟬，說西風消息。

虹梁水陌，魚浪吹香，紅衣半狼藉。
維舟試望，故國渺天北。
可惜渚邊沙外，不共美人遊歷。
問甚時同賦，三十六陂秋色？

〔四十〕問「隔」與「不隔」之別，曰：陶、謝之詩不隔，延年①則稍隔矣。東坡之詩不隔，山谷②則稍隔矣。「池塘生春草③」，「空梁落燕泥④」等二句，妙處唯在不隔。詞亦如是。即以一人一詞論。如歐陽公《少年游》詠春草上半闋：「闌杆十二獨憑春，晴碧遠連雲。二月三月，千里萬里，行色苦愁人。」語語都在目前，便是不隔。至云：「謝家池上，江淹浦畔」，則隔矣。白石《翠樓吟》：「此地，宜有詞仙，擁素雲黃鶴，與君遊戲。玉梯凝望久，歎芳草、萋萋千里。」便是不隔。至「酒祓清愁，花消英氣」，則隔矣。然南宋詞雖不隔處，比之前人，自有淺深厚薄之別。

【注釋】

①延年：顏延之（三八四年～四五六年），字延年，南朝宋文學家。祖籍

琅邪臨沂（今山東臨沂）。

②山谷：黃庭堅（一〇四五年～一一〇五年），字魯直，號山谷道人，晚號涪翁，洪州分寧（今江西修水縣）人，北宋著名的文學家、書法家。

③「池塘生春草」出自謝靈運的《登池上樓》。

④「空梁落燕泥」出自薛道衡的《昔昔鹽》。

【譯文】

問「隔」與「不隔」究竟有什麼區別，可以這樣說：陶淵明和謝靈運的詩不隔，顏延之的詩就稍微有點兒隔。蘇軾的詩不隔，黃庭堅的詩稍有些隔。「池塘生春草」，「空梁落燕泥」這兩句的妙處就在不隔。詞也是這樣。就以同一作者的同一首詞來說，例如歐陽修的《少年游》詠春草上半闋中寫道：「闌杆十二獨憑春，晴碧遠連雲。二月三月，千里萬里，行色苦愁人。」每句話彷彿歷歷在目，這就是不隔。到了下半闋：「謝家池上，江淹浦畔」，就隔了。姜夔的《翠樓吟》中：「此地，宜有詞仙，擁素雲黃鶴，與君遊戲。

玉梯凝望久，歎芳草、萋萋千里。」這是不隔的。

寫到「酒祓清愁，花消英氣」就隔了。然而南宋時期的詞即使不隔，比起前人的作品，也有深淺厚薄的區別。

登池上樓

謝靈運

潛虯媚幽姿，飛鴻響遠音。
薄霄愧雲浮，棲川怍淵沈。
進德智所拙，退耕力不任。
徇祿反窮海，臥痾對空林。
衾枕昧節候，褰開暫窺臨。
傾耳聆波瀾，舉目眺嶇嶔。
初景革緒風，新陽改故陰。

池塘生春草，園柳變鳴禽。
祁祁傷豳歌，萋萋感楚吟。
索居易永久，離群難處心。
持操豈獨古，無悶征在今。

昔昔鹽

薛道衡

垂柳覆金堤，蘼蕪葉復齊。
水溢芙蓉沼，花飛桃李蹊。
採桑秦氏女，織錦竇家妻。
關山別蕩子，風月守空閨。
恒斂千金笑，長垂雙玉啼。
盤龍隨鏡隱，彩鳳逐帷低。

飛魂同夜鵲，倦寢憶晨雞。
暗牖懸蛛網，空梁落燕泥。
前年過代北，今歲往遼西。
一去無消息，那能惜馬蹄。

少年游

歐陽修

闌杆十二獨憑春，晴碧遠連雲。
千里萬里，二月三月，行色苦愁人。
謝家池上，江淹浦畔，吟魄與離魂。
那堪疏雨滴黃昏，更特地憶王孫。

翠樓吟

姜夔

月冷龍沙，塵清虎落，今年漢酺初賜。
新翻胡部曲，聽氈幕、元戎歌吹。
層樓高峙。看檻曲縈紅，簷牙飛翠。
人姝麗。粉香吹下，夜寒風細。
此地。宜有詞仙，擁素雲黃鶴，與君遊戲。
玉梯凝望久，歎芳草、萋萋千里。
天涯情味。仗酒祓清愁，花銷英氣。
西山外。晚來還卷，一簾秋霽。

〔四十二〕「生年不滿百，常懷千歲憂。晝短苦夜長，何不秉燭遊？①」「服食求神仙，多為藥所誤。不如飲美酒，被服紈與素。②」寫情如此，方為

不隔。「采菊東籬下，悠然見南山。山氣日夕佳，飛鳥相與還。③」「天似穹廬，籠蓋四野。天蒼蒼，野茫茫，風吹草低見牛羊。④」寫景如此，方為不隔。

【注釋】

①「生年不滿百，常懷千歲憂。晝短苦夜長，何不秉燭遊？」出自《古詩十九首》第十五，意思是：人的壽命最長也不到一百年，但是人們經常心懷活一千年的擔憂。既然因白天很短暫夜晚太漫長而痛苦，為什麼不手握蠟燭徹夜遊玩呢？

②「服食求神仙，多為藥所誤。不如飲美酒，被服紈與素。」出自《古詩十九首》第十三，意思是：服食丹藥、企求成仙，倒大半為丹藥所誤。不如痛飲美酒、身披絲綢衣服，過個痛快日子。

③「采菊東籬下，悠然見南山。山氣日夕佳，飛鳥相與還。」陶淵明《飲酒詩》其五，意思是：在東邊籬笆下採擷菊花時，悠然間抬頭看見南山勝景。暮色中縷縷彩霧縈繞升騰，結隊的鳥兒回翔遠山的懷抱。

④「天似穹廬，籠蓋四野。天蒼蒼，野茫茫，風吹草低見牛羊。」出自斛律

金的《敕勒歌》，意思是：天空仿佛圓頂帳篷，廣闊無邊，籠罩著四面的原野。天空藍藍的，原野遼闊無邊。風兒吹過，牧草低伏，顯露出原來隱沒於草叢中的眾多牛羊。

【譯文】

「生年不滿百，常懷千歲憂。晝短苦夜長，何不秉燭遊？」「服食求神仙，多為藥所誤。不如飲美酒，被服紈與素。」寫情如此，方為不隔。「采菊東籬下，悠然見南山。山氣日夕佳，飛鳥相與還。」「天似穹廬，籠蓋四野。天蒼蒼，野茫茫，風吹草低見牛羊。」像這樣寫景，才算不隔。

古詩十九首 第十五

生年不滿百，常懷千歲憂。
晝短苦夜長，何不秉燭遊。
為樂當及時，何能待來茲。

愚者愛惜費，但為後世嗤。
仙人王子喬，難可與等期。

古詩十九首 第十三

驅車上東門，遙望郭北墓。
白楊何蕭蕭，松柏夾廣路。
下有陳死人，杳杳即長暮。
潛寐黃泉下，千載永不寤。
浩浩陰陽移，年命如朝露。
人生忽如寄，壽無金石固。
萬歲更相送，聖賢莫能度。
服食求神仙，多為藥所誤。
不如飲美酒，被服紈與素。

飲酒詩 其五

陶淵明

結廬在人境，而無車馬喧。
問君何能爾，心遠地自偏。
采菊東籬下，悠然見南山。
山氣日夕佳，飛鳥相與還。
此中有真意，欲辨已忘言。

敕勒歌

斛律金

敕勒川，陰川下。
天似穹廬，籠蓋四野。
天蒼蒼，野茫茫，風吹草低見牛羊。

〔四十二〕古今詞人格調之高，無如白石。惜不於意境上用力，故覺無言外之味，弦外之響，終不能與於第一流之作者也。

【譯文】

古今詞人當中，格調最高的是姜夔。可惜他不在意境上用功夫，所以姜夔的詞給人一種缺乏言外之味、弦外之音的感覺，總是不夠稱得上是第一流的詞作者。

〔四十三〕南宋詞人，白石有格而無情，劍南①有氣而乏韻。其堪與北宋人頡頏②者，唯一幼安③耳。近人祖南宋而祧北宋，以南宋之詞可學，北宋不可學也。學南宋者，不祖白石，則祖夢窗，以白石、夢窗可學，幼安不可學也。學幼安者，率祖其粗獷滑稽，以其粗獷滑稽處可學，佳處不可學也。幼安之佳處，在有性情，有境界。即以氣象論，亦有「橫素波、干青雲④」之概，寧後世齷齪小生所可擬耶？

【注釋】

①劍南：陸遊（一一二五年～一二一〇年），字務觀，號放翁，越州山陰（今紹興）人，南宋文學家、史學家、愛國詩人。著有《劍南詩稿》、《放翁詞》。

②頡頏［ㄒㄧㄝˋ ㄏㄤˋ］：指不相上下，相抗衡。

③幼安：辛棄疾（一一四〇年～一二〇七年），字幼安，號稼軒，山東濟南府曆城縣（今濟南市曆城區遙牆鎮四鳳閘村）人，南宋豪放派詞人。

④「橫素波、干青雲」出自蕭統的《陶淵明集序》中「橫素波而傍流，干青雲而直上」。

【譯文】

南宋詞人中，姜夔有格調而無情趣，陸遊有氣勢而少韻味。其中可以與北宋詞人相提並論的，只有辛棄疾一人而已。近代人作詞學習南宋的詞而疏遠北宋的詞，因為南宋的詞容易學而北宋的詞難學。學南宋詞的人，不是學姜夔就是學吳文英，因為他們二人的詞容易學而辛棄疾的詞不容易學。

學辛棄疾詞的人，又大都只學了他的粗獷滑稽，因為粗獷滑稽容易

學，而真正的妙處不容易學。辛棄疾詞的妙處，在於有真情實感，有境界。

如果以氣韻風格來說，他的詞還有一種「橫素波、干青雲」的氣概，這難道是後世器量狹小的後生所能學到的嗎？

〔四十四〕東坡之詞曠，稼軒①之詞豪。無二人之胸襟而學其詞，猶東施之效捧心也。

【注釋】

①稼軒：指辛棄疾。

【譯文】

蘇軾的詞曠達，辛棄疾的詞豪放。如果不具備二人的胸襟與氣度而學習他們的詞，就好像東施效顰一樣。

〔四十五〕讀東坡、稼軒詞，須觀其雅量高致，有伯夷、柳下惠之風。白石雖似蟬蛻塵埃，然終不免局促轅下。

【譯文】

讀蘇軾、辛棄疾的詞，必須關注他們有如伯夷和柳下惠一樣的氣度寬宏、情致高雅。姜夔的詞雖然好似青蟬脫殼、去盡塵俗的格調，但終究不免居於蘇軾、辛棄疾之下。

〔四十六〕蘇辛，詞中之狂。白石，猶不失為狷。若夢窗、梅溪、玉田①、草窗②、中（中當為西）麓輩③，面目不同，同歸於鄉愿而已。

【注釋】

①玉田：張炎，南宋最後一位著名詞人，字叔夏，號玉田，又號樂笑翁。著有《山中白雲詞》。

②草窗：周密（一二三二年～一二九八年），字公謹，號草窗，又號霄齋、蘋洲、蕭齋，晚年號弁陽老人、四水潛夫、華不注山人，南宋詞人、文學家。

③中（西）麓：陳允平，南宋末年、元朝初年詞人。字君衡，一字衡仲，號西麓。著有《西麓詩稿》及《西麓繼周集》、《日湖漁唱》詞二種。

【譯文】

蘇軾和辛棄疾是詞中積極進取的狂者，姜夔可稱為詞中拘謹孤潔的狷者。至於吳文英、史達祖、張炎、周密、陳允平等人，詞風各不相同，但只能歸於隨波逐流的「鄉願」而已。

〔四十七〕稼軒中秋飲酒達旦，用①《天問》體作《木蘭花慢》以送月曰：「可憐今夕月，向何處，去悠悠？是別有人間，那邊才見，光景東頭。」詞人想像，直悟月輪繞地之理，與科學家密合，可謂神悟。

【注釋】

①《天問》：是屈原的代表作，收錄於西漢劉向編輯的《楚辭》中。該作品全文自始至終，完全以問句構成，探討宇宙萬事萬物變化發展的道理。

【譯文】

辛棄疾在中秋之夜痛飲到黎明，仿照屈原的《天問》，寫了一首《木蘭花慢》用來寄明月。

詞中寫道：「可憐今夕月，向何處，去悠悠？是別有人間，那邊才見，光景東頭。」詞人的想像正好悟到了月球繞地球運轉的原理，與科學家的發現相符合，可以稱得上是「神悟」。

木蘭花慢

辛棄疾

中秋飲酒，將旦，客謂：前人詩詞，有賦待月，無送月者。因用《天問》體賦。

可憐今夕月，向何處、去悠悠。
是別有人間，那邊才見，光景東頭。

是天外，空汗漫，但長風、浩浩送中秋。
飛鏡無根誰繫，姮娥不嫁誰留。
謂經海底問無由。恍惚使人愁。
怕萬里長鯨，縱橫觸破，玉殿瓊樓。
蝦蟆故堪浴水，問雲何、玉兔解沉浮？
若道都齊無恙，雲何漸漸如鉤？

〔四十八〕周介存謂「梅溪詞中喜用『偷』字①，足以定其品格。」劉融齋謂：「周旨蕩而史意貪。」此二語令人解頤②。

【注釋】

①梅溪詞中喜用『偷』字：指史達祖很多詞中用到了「偷」，如《綺羅香·春雨》：「做冷欺花，將煙困柳，千里偷催春暮。」《祝英台近》：「正凝佇，芳意欺月矜春，渾欲便偷去。」《齊天樂·賦橙》：「犀紋隱隱鶯黃嫩，籬落翠深偷見。」《三姝媚》：「諱道相思，偷理綃裙，自驚腰衩。」《東風第一枝·春雪》：「巧沁蘭心，偷粘草甲，東風欲障新暖。」《夜合花》：「輕衫未攬，

猶將淚點偷藏。」

②解頤：開顏歡笑。

【譯文】

周濟說：「史達祖的詞當中喜歡用『偷』字，這足以評定他的品格。」劉熙載說：「周邦彥的詞多豔語，意思放蕩；史達祖的詞追求雕琢，過於貪求。」這兩句話令人會心而笑。

〔四十九〕介存謂：夢窗詞之佳者，如「水光雲影，搖盪綠波，撫玩無極，追尋已遠」。余覽《夢窗甲乙丙丁稿》中，實無足當此者。有之，其「隔江人在雨聲中，晚風菰葉生秋怨①」二語乎？

【注釋】

①「隔江人在雨聲中，晚風菰葉生秋怨」出自吳文英的《踏莎行》，意思是：聽得到江對岸的雨聲，卻無法望到思念的人。只有蕭蕭的晚風吹著菰葉，仿佛在秋風中愁怨。

【譯文】

周濟說：吳文英詞中的佳作，好像「水光雲影，搖盪綠波，撫玩無極，追尋已遠」。我看《夢窗甲乙丙丁稿》中，實在沒有找到可以與此評語相稱的佳作。如果有的話，就是那兩句「隔江人在雨聲中，晚風菰葉生秋怨」吧？

踏莎行

吳文英

潤玉籠綃，檀櫻倚扇。
繡圈猶帶脂香淺。
榴心空壘舞裙紅，艾枝應壓愁鬟亂。
午夢千山，窗陰一箭。
香瘢新褪紅絲腕。

隔江人在雨聲中，晚風菰葉生秋怨。

〔五十〕夢窗之詞，吾得取其詞中之一語以評之，曰：「映夢窗淩（淩當為零）亂碧①。」玉田之詞，餘得取其詞中之一語以評之，曰：「玉老田荒②。」

【注釋】

①「映夢窗零亂碧」出自吳文英的《秋思》，意思是：雨打夢窗，碧波零亂。這裡作者認為吳文英的詞雕琢太多，意境顯得零亂。

②「玉老田荒」出自張炎的《祝英台近》，意思是：寶玉枯槁，藍田荒廢。這裡作者認為張炎的詞有一種衰敗枯槁的意味。

【譯文】

吳文英的詞，我可以用他詞中一句話來評價，就是「映夢窗零亂碧」。張炎的詞，我用他詞中一句話來評價，就是「玉老田荒」。

秋思（荷塘為括蒼名姝求賦其聽雨小閣）

吳文英

堆枕香鬟側。驟夜聲、偏稱畫屏秋色。
風碎串珠，潤侵歌板，愁壓眉窄。
動羅箑清商，寸心低訴敘怨抑。
映夢窗零亂碧。
待漲綠春深，落花香泛，料有斷紅流處，暗題相憶。
歡酌。簷花細滴。
送故人，粉黛重飾。
漏侵瓊瑟，丁東敲斷，弄晴月白。
怕一曲、《霓裳》未終，催去驂鳳翼。
歡謝客、猶未識。
漫瘦卻東陽，燈前無夢到得。路隔重雲雁北。

祝英台近．與周草窗話舊

張炎

水痕深，花信足。寂寞漢南樹。
轉首青陰，芳事頓如許。
不知多少消魂，夜來風雨。
猶夢到、斷紅流處。
最無據。長年息影空山，愁入庾郎句。
玉老田荒，心事已遲暮。
幾回聽得啼鵑，不如歸去。
終不似、舊時鸚鵡。

〔五十一〕「明月照積雪①」，「大江流日夜②」，「中天懸明月③」，「黃（黃當為長）河落日圓④」，此種境界，可謂千古壯觀。求之於

詞，唯納蘭容若⑤塞上之作，如《長相思》之「夜深千帳燈」、《如夢令》之「萬帳穹廬人醉，星影搖搖欲墜」差近之。

【注釋】

①「明月照積雪」出自謝靈運的《歲暮》。

②「大江流日夜」出自謝脁的《暫使下都夜發新林至京邑贈西府同僚》。

③「中天懸明月」出自杜甫的《後出塞》五首之一。

④「長河落日圓」出自王維的《使至塞上》。納蘭容若：納蘭性德（一六五五年～一六八五年），葉赫那拉氏，字容若，滿洲正黃旗人，原名成德，清朝著名詞人，著有《飲水詞》。父親是康熙朝一代權臣納蘭明珠。

【譯文】

「明月照積雪」，「大江流日夜」，「中天懸明月」，「長河落日圓」，這些詩句中的境界，稱得上是描寫了傳世千古的壯麗景象。如果在詞中找這樣的境界，只有納蘭性德所寫的塞上詞作，例如《長相思》中的「夜

深千帳燈」，《如夢令》中的「萬帳穹廬人醉，星影搖搖欲墜」，有相似的景象。

歲暮

謝靈運

殷憂不能寐，苦此夜難頹。
明月照積雪，朔風勁且哀。
運往無淹物，年逝覺已催。

暫使下都夜發新林至京邑贈西府同僚

謝朓

大江流日夜，客心悲未央。
徒念關山近，終知反路長。

秋河曙耿耿，寒渚夜蒼蒼。
引領見京室，宮雉正相望。
金波麗鳷鵲，玉繩低建章。
驅車鼎門外，思見昭丘陽。
馳暉不可接，何況隔兩鄉。
風雲有鳥路，江漢限無梁，
常恐鷹隼擊，時菊委嚴霜。
寄言罻羅者，寥廓已高翔。

後出塞　五首之一

杜甫

朝進東門營，暮上河陽橋。
落日照大旗，馬鳴風蕭蕭。

平沙列萬幕，部伍各見招。
中天懸明月，令嚴夜寂寥。
悲笳數聲動，壯士慘不驕。
借問大將誰，恐是霍嫖姚。

使至塞上

王維

單車欲問邊，屬國過居延。
征蓬出漢塞，歸雁入胡天。
大漠孤煙直，長河落日圓。
蕭關逢候騎，都護在燕然。

長相思

納蘭性德

山一程，水一程。
身向榆關那畔行，夜深千帳燈。
風一更，雪一更。
聒碎鄉心夢不成，故園無此聲。

如夢令

納蘭性德

萬帳穹廬人醉，星影搖搖欲墜。
歸夢隔狼河，又被河聲攪碎。

還睡，還睡。
解道醒來無味。

〔五十二〕納蘭容若以自然之眼觀物，以自然之舌言情。此由初入中原，未染漢人風氣，故能真切如此。北宋以來，一人而已。

【譯文】

納蘭性德用自然的眼光觀察事物，用自然的筆法抒發情感。這是因為他剛進中原，還沒有沾染上漢人的風氣，才能寫得如此真切。從北宋到現在，只有他一個人有這樣的詞風。

〔五十三〕陸放翁跋《花間集》，謂：「唐季①五代，詩愈卑，而倚聲者輒簡古可愛。能此不能彼，未可（可當為易）以理推也。」《提要》駁之，謂：「猶能舉七十斤者，舉百斤則蹶，舉五十斤則運掉自如。」其言甚辨。然謂詞

必易於詩，余未敢信。善乎陳臥子[2]之言曰：「宋人不知詩而強作詩，故終宋之世無詩。然其歡愉愁苦（苦當為怨）之致，動於中而不能抑者，類發於詩餘[3]，故其所造獨工。」五代詞之所以獨勝，亦以此也。

【注釋】

①季：指一個朝代的末期。唐季：唐朝末期。

②陳臥子：陳子龍（一六〇八年～一六四七年）明末官員、文學家。初名介，字臥子、懋中、人中，號大樽、海士、軼符等。

③詩餘：詞的別稱，因詞是由詩發展而來的而得名。

【譯文】

陸遊在為《花間集》作跋時說：「詩到了唐末五代時，越寫越卑微，而根據音樂填的詞卻簡明古樸，值得欣賞。能做好這事而不能做好那事，不可以從道理上強求一致。」《提要》反駁說：「比如能舉起七十斤的人，想舉一百斤會困難，舉起五十斤就遊刃有餘。」

這段話很有說服力，但認為寫詞比做詩容易，我卻不敢苟同。陳子龍說得很有道理：「宋代人不瞭解詩而勉強寫詩，所以整個宋代沒有好詩。但他們歡樂愁苦情緒發展到極致，內心被觸動而不能抑制，這種情緒用詞的形式表達出來，所以他們創作的詞特別精巧。」

五代時期的詞之所以獨具特色，也是因為這一緣故。

〔五十四〕四言敝而有《楚辭》，《楚辭》敝而有五言，五言敝而有七言，古詩敝而有律絕，律絕敝而有詞。蓋文體通行既久，染指遂多，自成習套。豪傑之士，亦難於其中自出新意，故遁而作他體，以自解脫。一切文體所以始盛終衰者，皆由於此。故謂文學後不如前，餘未敢信。但就一體論，則此說固無以易也。

【譯文】

四言詩衰敗後產生了《楚辭》，《楚辭》衰敗後產生了五言詩，五言

詩衰敗後產生了七言詩，古體詩衰敗後產生了律詩和絕句，律詩和絕句衰敗後有了詞。大概一種文體流行久了，創作的人多了，就自然會形成俗套。即使是才能出眾的人，也很難從中創造出新的意境，所以捨棄此文體而創作其他文體，以便擺脫困境。

所有文體之所以開始興盛，後來逐漸衰敗，正是由於這個原因。所以有人說文學後代不如前代，我是不認同的。但如果只就一種文體來說，這種說法實在是無可爭議的。

〔五十五〕詩之三百篇、十九首，詞之五代、北宋，皆無題也。非無題也，詩詞中之意，不能以題盡之也。自《花庵》《草堂》每調立題，並古人無題之詞亦為之作題。如觀一幅佳山水，而即曰此某山某河，可乎？詩有題而詩亡，詞有題而詞亡。然中材之士，鮮能知此而自振拔者矣。

【譯文】

《詩經》三百篇、《古詩十九首》，以及五代、北宋時的詞，都沒有題目。並不是沒有主題，而是詩詞中的意義豐富，沒法用標題概括。《花庵詞選》和《草堂詩餘》兩部詞集在每首詞的調名之外加了題目，並將古人沒有題目的詞也加上了題目。

比如觀賞一幅山水畫作品，就明確指出這是哪座山哪條河，這可行嗎？詩有了題目詩就沒了內涵，詞有了題目詞就沒了意境。然而那些才能平平的人很難明白這道理，更無法振興詩詞。

〔五十六〕大家之作，其言情也必沁人心脾，其寫景也必豁人耳目。其辭脫口而出，無矯揉妝束之態。以其所見者真，所知者深也。詩詞皆然。持此以衡古今之作者，可無大誤矣。

【譯文】

名家的作品，抒情定能沁人心脾，寫景必然讓人耳目開闊，如臨其境。名家的文字脫口而出，沒有矯揉造作、梳妝打扮的姿態。因為他們觀察得真切，理解得透徹。詩和詞的創作都是這樣。用這一標準來衡量古今的作者，不會有大的誤差。

〔五十七〕人能於詩詞中不為美刺投贈之篇，不使隸事①之句，不用粉飾之字，則於此道已過半矣。

【注釋】

①隸事：以故事相隸屬，指引用典故。

【譯文】

人們如果能夠在詩詞創作中不寫讚美、諷刺、往來互贈的篇章，不使用典故，不堆砌辭藻，那麼他對詩詞創作之道已經理解一半以上了。

（五十八）以《長恨歌》之壯采，而所隸之事，只「小玉雙成」四字，才有餘也。梅村①歌行，則非隸事不辦。白、吳優劣，即於此見。不獨作詩為然，填詞家亦不可不知也。

【注釋】

①梅村：吳偉業（一六〇九年～一六七二年）字駿公，號梅村，別署鹿樵生、灌隱主人、大雲道人，明末清初著名詩人。

【譯文】

白居易的《長恨歌》氣勢悲壯，文采飛揚，而使用的典故，只有「小玉雙成」四個字，這是才華橫溢的表現。吳偉業的歌行《圓圓曲》，似乎沒有典故就無法成文。白居易和吳偉業兩人的優劣高下由此可見。不光寫詩是這樣，詞作者也要知道這個道理。

長恨歌

白居易

漢皇重色思傾國，御宇多年求不得。
楊家有女初長成，養在深閨人未識。
天生麗質難自棄，一朝選在君王側。
回眸一笑百媚生，六宮粉黛無顏色。
春寒賜浴華清池，溫泉水滑洗凝脂。
侍兒扶起嬌無力，始是新承恩澤時。
雲鬢花顏金步搖，芙蓉帳暖度春宵。
春宵苦短日高起，從此君王不早朝。
承歡侍宴無閒暇，春從春遊夜專夜。
後宮佳麗三千人，三千寵愛在一身。
金屋妝成嬌侍夜，玉樓宴罷醉和春。
姊妹弟兄皆列土，可憐光彩生門戶。

遂令天下父母心，不重生男重生女。
驪宮高處入青雲，仙樂風飄處處聞。
緩歌慢舞凝絲竹，盡日君王看不足。
漁陽鞞鼓動地來，驚破霓裳羽衣曲。
九重城闕煙塵生，千乘萬騎西南行。
翠華搖搖行複止，西出都門百餘裡。
六軍不發無奈何，宛轉蛾眉馬前死。
花鈿委地無人收，翠翹金雀玉搔頭。
君王掩面救不得，回看血淚相和流。
黃埃散漫風蕭索，雲棧縈紆登劍閣。
峨嵋山下少人行，旌旗無光日色薄。
蜀江水碧蜀山青，聖主朝朝暮暮情。
行宮見月傷心色，夜雨聞鈴腸斷聲。
天旋地轉回龍馭，到此躊躇不能去。
馬嵬坡下泥土中，不見玉顏空死處。
君臣相顧盡沾衣，東望都門信馬歸。

歸來池苑皆依舊，太液芙蓉未央柳。
芙蓉如面柳如眉，對此如何不淚垂。
春風桃李花開夜，秋雨梧桐葉落時。
西宮南內多秋草，落葉滿階紅不掃。
梨園弟子白髮新，椒房阿監青娥老。
夕殿螢飛思悄然，孤燈挑盡未成眠。
遲遲鐘鼓初長夜，耿耿星河欲曙天。
鴛鴦瓦冷霜華重，翡翠衾寒誰與共。
悠悠生死別經年，魂魄不曾來入夢。
臨邛道士鴻都客，能以精誠致魂魄。
為感君王輾轉思，遂教方士殷勤覓。
排空馭氣奔如電，升天入地求之遍。
上窮碧落下黃泉，兩處茫茫皆不見。
忽聞海上有仙山，山在虛無縹渺間。
樓閣玲瓏五雲起，其中綽約多仙子。
中有一人字太真，雪膚花貌參差是。

金闕西廂叩玉扃，轉教小玉報雙成。
聞道漢家天子使，九華帳裡夢魂驚。
攬衣推枕起徘徊，珠箔銀屏迤邐開。
雲鬢半偏新睡覺，花冠不整下堂來。
風吹仙袂飄搖舉，猶似霓裳羽衣舞。
玉容寂寞淚闌杆，梨花一枝春帶雨。
含情凝睇謝君王，一別音容兩渺茫。
昭陽殿裡恩愛絕，蓬萊宮中日月長。
回頭下望人寰處，不見長安見塵霧。
惟將舊物表深情，鈿合金釵寄將去。
釵留一股合一扇，釵擘黃金合分鈿。
但教心似金鈿堅，天上人間會相見。
臨別殷勤重寄詞，詞中有誓兩心知。
七月七日長生殿，夜半無人私語時。
在天願作比翼鳥，在地願為連理枝。
天長地久有時盡，此恨綿綿無絕期。

〔五十九〕近體詩①體制，以五七言絕句②為最尊，律詩③次之，排律最下。蓋此體於寄興言情，兩無所當，殆有韻之駢體文耳。詞中小令如絕句，長調似律詩，若長調之《百字令》《沁園春》等，則近於排律矣。

【注釋】

①近體詩：指唐代形成的格律詩體。又稱今體詩或格律詩，是一種講究句數、字數、平仄、對仗和押韻的詩歌體裁。為有別於古體詩而有近體之名。

②絕句：又稱截句、斷句、絕詩，四句一首，短小精萃。它是唐朝流行起來的一種詩歌體裁，屬於近體詩的一種形式。

③律詩：唐朝流行起來的一種詩歌體裁，屬於近體詩的一種，律詩要求詩句字數整齊劃一，每首分別為五言、七言句，簡稱五律、七律。通常的律詩規定每首八句。超過八句，即時句以上的，則稱排律或長律。

【譯文】

近體詩的各種體裁中，以五言和七言絕句的地位最高，律詩其次，排律最低。因為排律對於寄託興致、抒發情懷都不適用，它只是有韻的駢

體文而已。詞中的小令像絕句，長調像律詩，如果是長調中的《百字令》《沁園春》等，就和排律接近了。

〔六十〕詩人對宇宙人生，須入乎其內，又須出乎其外。入乎其內，故能寫之。出乎其外，故能觀之。入乎其內，故有生氣。出乎其外，故有高致。美成能入而不出，白石以降，於此二事皆未夢見。

【譯文】

詩人對於宇宙人生，必須深入到內部去瞭解，又必須置身世外。深入到內部，才能夠將它表達出來，置身世外，才能夠觀察它。深入到內部，所以充滿生機，置身世外，所以能高瞻遠矚。周邦彥能深入而不能出離，姜夔之後的詞人，對於這兩件事都做不到了。

〔六十一〕詩人必有輕視外物之意，故能以奴僕命風月。又必有重視外物之意，故能與花鳥共憂樂。

【譯文】

詩人必須有輕視身外之物的氣魄，才能讓風月任由驅使，又必須有重視身外之物的意境，才能與花鳥一起憂愁歡樂。

〔六十二〕「昔為倡家女，今為蕩子婦。蕩子行不歸，空床難獨守。」「何不策高足，先據要路津？無為久貧（久貧當為守窮）賤，轗軻長苦辛。」可謂淫鄙之尤。然無視為淫詞、鄙詞者，以其真也。五代、北宋之大詞人亦然。非無淫詞，讀之者但覺其親切動人。非無鄙詞，但覺其精力彌滿。可知淫詞與鄙詞之病，非淫與鄙之病，而遊詞之病也。「豈不爾思，室是遠而。」而子曰：「未之思也，夫何遠之有？」惡其遊也。

【注釋】

①「昔為倡家女，今為蕩子婦。蕩子行不歸，空床難獨守。」出自《古詩十九首》第二，意思是：從前她曾是青樓女子，而今成了遊蕩子的妻子。遊蕩的丈夫還沒回來，在這空蕩蕩的屋子裡，實在難以獨自忍受寂寞。

②「何不策高足，先據要路津？無為守窮賤，轗軻長苦辛。」出自《古詩十九首》第四，意思是：為什麼不想辦法捷足先登，首先佔據要位而安享富貴榮華呢。不要因貧賤而常憂愁失意，辛辛苦苦的煎熬沒有盡頭。

③子曰：「未之思也，夫何遠之有？」出自《論語．子罕》。

【譯文】

「昔為倡家女，今為蕩子婦。蕩子行不歸，空床難獨守。」「何不策高足，先據要路津？無為守窮賤，轗軻長苦辛。」這樣的詩句講述的是極淫蕩卑鄙的事，但卻不被看成是淫蕩卑鄙的詞，因為它們表達了真實的感情。五代和北宋的大詞人也是如此，他們並非沒有淫蕩的語句，讀起來只覺得真摯動人。

也並非沒有卑鄙的語句，讀起來卻覺得富有生機。由此可知，淫詞和

鄙詞的問題，不是因為描寫了淫蕩和卑鄙的事，而是由於言辭輕薄浮誇的毛病。

對於「難道不思念你嗎？只是因為離得太遠了。」孔子反駁說：「根本就沒有思念，並不是離得遠的緣故。」這就是厭惡言語的虛偽。

古詩十九首 第二

青青河畔草，鬱鬱園中柳。
盈盈樓上女，皎皎當窗牖。
娥娥紅粉妝，纖纖出素手。
昔為倡家女，今為蕩子婦。
蕩子行不歸，空床難獨守。

古詩十九首 第四

今日良宴會，歡樂難具陳。
彈箏奮逸響，新聲妙入神。
令德唱高言，識曲聽其真。
齊心同所願，含意俱未申。
人生寄一世，奄忽若飆塵。
何不策高足，先據要路津？
無為守窮賤，轗軻長苦辛。

〔六十三〕①「枯藤老樹昏鴉，小橋流水平沙（平沙當為人家），古道西風瘦馬。夕陽西下，斷腸人在天涯。」此元人馬東籬《天淨沙》小令也。寥寥數語，深得唐人絕句妙境。有元一代詞家，皆不能辦此也。

【注釋】

①馬東籬：馬致遠，字千里，號東籬，元代戲曲作家。

【譯文】

「枯藤老樹昏鴉，小橋流水人家，古道西風瘦馬。夕陽西下，斷腸人在天涯。」這是元朝的馬致遠寫的小令《天淨沙》。這首詞只有寥寥幾句，卻達到了唐朝絕句的精妙境界。元朝的其他詞作家，都不能達到這種境界。

天淨沙．秋思

馬致遠

枯藤老樹昏鴉，小橋流水人家，古道西風瘦馬。
夕陽西下，斷腸人在天涯。

〔六十四〕白仁甫①《秋夜梧桐雨》劇，沈雄悲壯，為元曲冠冕。然所作《天籟詞》，粗淺之甚，不足為稼軒奴隸。豈創者易工，而因者難巧歟？抑人各有能有不能也？讀者觀歐、秦之詩遠不如詞，足透此中消息。

【注釋】

①白仁甫：白樸，元代著名的雜劇作家。原名恒，字仁甫，後改名樸，字太素，號蘭穀。

【譯文】

白樸的雜劇《秋夜梧桐雨》，雄渾悲壯，在元曲中堪稱第一。但他寫的《天籟詞》，就很粗淺，都達不到辛棄疾家奴的水準。

難道是新創的文體容易寫好，而沿襲舊文體難以成功嗎？或者是人各有所長各有所短呢？讀過歐陽修、秦觀詩的人，覺得遠不如二人寫的詞，足以說明人各有擅長了。

二 刪稿四十九則（人間詞話）

二 刪稿四十九則

〔一〕白石之詞，余所最愛者，亦僅二語，曰：①「淮南皓月冷千山，冥冥歸去無人管。」

【注釋】

①「淮南皓月冷千山，冥冥歸去無人管。」出自姜夔的《踏莎行》，意思是：淮南的一輪皓月映照著千山冷寂，可憐你昏暗中獨自歸去，孤苦伶仃卻無人照看。

【譯文】

姜夔的詞，我最喜歡的也就這兩句：「淮南皓月冷千山，冥冥歸去無人管。」

踏莎行

姜夔

燕燕輕盈，鶯鶯嬌軟，分明又向華胥見。
夜長爭得薄情知，春初早被相思染。
別後書辭，別時針線，離魂暗逐郎行遠。
淮南皓月冷千山，冥冥歸去無人管。

〔二〕雙聲、疊韻①之論，盛於六朝，唐人猶多用之。至宋以後，則漸不講，並不知二者為何物。乾嘉間，吾鄉周松靄②先生著《杜詩雙聲疊韻譜括略》，正千餘年之誤，可謂有功文苑者矣。其言曰：「兩字同母謂之雙聲，兩字同韻謂之疊韻。」余按：用今日各國文法通用之語表之，則兩字同一子音者謂之雙聲。

自李淑③《詩苑》偽造沈約④之說，以雙聲、疊韻為詩中八病之二，後世詩家多廢而不講，亦不復用之於詞。余謂苟於詞之蕩漾處多用疊韻，促節處用雙聲，則其鏗鏘可誦，必有過於前人者。惜世之專講音律者，尚未悟此也。

【注釋】

①雙聲：兩個字的中文拼音的聲母相同。疊韻：兩個字的中文拼音的韻母相同。

②周松靄：周春（一七二九年～一八一五年），清著名藏書家、學者。字芚兮，號松靄，晚號黍谷居士，別稱內樂村農。浙江海寧人。

③李淑：（一〇〇二年～一〇五九年），北宋官員、著名藏書家。字獻臣，號邯鄲。徐州豐人（豐縣人）。

④沈約：（四四一年～五一三年），南北朝時期，南朝史學家、文學家。字休文，吳興武康（今浙江湖州德清）人。歷仕宋、齊、梁三朝。

【譯文】

雙聲、疊韻的理論，在六朝時期盛行，到了唐代還有很多人使用。從宋朝之後，就逐漸不被提起，甚至不知道雙聲疊韻是什麼意思。清朝乾隆嘉慶年間，我的同鄉周春先生寫了一本《杜詩雙聲疊韻譜括略》，糾正了千年來的誤解，可以說對文壇很有貢獻。

他說：「兩個字的聲母相同是雙聲，兩個字的韻母相同是疊韻。」

我認為：如果用現代各國通用的語言來表述，就是兩個字子音相同稱為雙聲。我認為，如果在詞的音律悠長處使用疊韻，在音律急促時使用雙聲，那麼這種音節流暢、朗朗上口的效果，一定超過前人。可惜現在專門研究音律的人，還沒有體悟到這點。

〔三〕世人但知雙聲之不拘四聲，不知疊韻亦不拘平、上、去①三聲。凡字之同母者，雖平仄有殊，皆疊韻也。

【注釋】

①平、上、去：「平上去入」四聲是漢語平仄的基礎，是傳承千年的寶貴語言財富，後來入聲在普通話裡消失了。上、去、入為仄，其餘為平。對應現在的普通話四聲是：第一聲陰平、第二聲陽平、第三聲上聲、第四聲去聲。

【譯文】

人們只知道雙聲不拘於四聲，卻不知道疊韻也不拘於平、上、去三聲。

實際上，凡是同母音的字，雖然平仄不同，但都是疊韻。

〔四〕詩之唐中葉以後，殆為羔雁之具矣。故五代、北宋之詩，佳者絕少，而詞則為其極盛時代。即詩詞兼擅如永叔、少游者，詞勝於詩遠甚。以其寫之於詩者，不若寫之於詞者之真也。至南宋以後，詞亦為羔雁之具，而詞亦替矣。此亦文學升降之一關鍵也。

【譯文】

詩從唐朝中期以後，已經成為饋贈應酬的工具。所以五代和北宋的詩，很少有佳作，但詞卻到了極盛時代。即使是像歐陽修和秦觀這樣既能寫詩又擅長寫詞的人，他們的詞也遠遠勝過他們的詩。因為寫在詩裡的文字不如寫在詞中的真實自然。到了南宋以後，詞也成為饋贈應酬的工具，於是詞也開始沒落了。這也是文學盛衰的一個關鍵因素。

〔五〕曾純甫①中秋應制，作《壺中天慢》詞，自注云：「是夜，西興亦聞天樂。」謂宮中樂聲，聞於隔岸也。毛子晉②謂：「天神亦不以人廢言。」近馮夢華復辨其誣。不解「天樂」二字文義，殊笑人也。

【注釋】

①曾純甫：曾覿（一一〇九年～一一八〇年），南宋詞人。字純甫，汴京（今河南開封）人，著有《海野詞》。

②毛子晉：毛晉（一五九九年～一六五九年），明末著名藏書家、出版家、文學家。字子晉，號潛在。

【譯文】

曾覿中秋應皇帝詔命寫的《壺中天慢》詞，自注說：「這天夜裡，西興也聽到了天樂。」是說宮中的奏樂聲，遠在對岸也聽得到。毛晉說：「天神也因為他位高權重而降下天樂。」近代的馮煦指出了他的錯誤。他沒有理解「天樂」兩個字的意思，實在可笑。

壺中天慢

曾覿

此進禦月詞也。上皇大喜曰：「從來月詞，不曾用『金甌』事，可謂新奇。」賜金束帶、紫番羅、水晶碗。上亦賜寶盞。至一更五點回宮。是夜，西興亦聞天樂焉。

素飆漾碧，看天衢穩送，一輪明月。翠水瀛壺人不到，比似世間秋別。玉手瑤笙，一時同色，小按霓裳疊。天津橋上，有人偷記新闋。

當日誰幻銀橋，阿瞞兒戲，一笑成癡絕。肯信群仙高宴處，移下水晶宮闕。雲海塵清，山河影滿，桂冷吹香雪。何勞玉斧，金甌千古無缺。

〔六〕北宋名家以方回為最次。其詞如歷下①、新城②之詩，非不華瞻，惜少真味。

【注釋】

①歷下：李攀龍，明代著名文學家。字於鱗，號滄溟。歷城人（今山東濟南）人。

②新城：王士禛（一六三四年～一七一一年），清初傑出詩人、文學家。原名王士禛，字子真，一字貽上、豫孫，號阮亭，又號漁洋山人，人稱王漁洋，謚文簡，新城（今山東桓台縣）人。

【譯文】

北宋的名家當中，賀鑄是最差的，他的詞好像李攀龍、王士禛的詩，不是文辭不華麗，可惜缺少真情實感。

〔七〕散文易學而難工，駢文難學而易工。近體詩易學而難工，古體詩難學而易工。

【譯文】

小令易學而難工，長調難學而易工。

散文容易學而難以寫好，駢文難學會但容易寫好。近體詩容易學而難以寫好，古體詩難學但容易寫好。小令容易學而難以寫好，長調難學但容易寫好。

〔八〕古詩云：「誰能思不歌？誰能饑不食？」詩詞者，物之不得其平而鳴者也。故歡愉之辭難工，愁苦之言易巧。

【譯文】

古詩說：「誰能思不歌？誰能饑不食？」詩詞像是遇到不平事時發出的聲音。所以歡快的文辭不容易寫好，愁苦的言語容易寫得精巧。

子夜歌（節選）

樂府詩集

誰能思不歌？誰能饑不食？

日冥當戶倚，惆悵底不憶？

〔九〕社會上之習慣，殺許多之善人。文學上之習慣，殺許多之天才。

【譯文】

社會上的習慣會戕害許多善良的人。文學上的習慣會毀掉許多天才。

〔十〕昔人論詩詞，有景語、情語之別。不知一切景語，皆情語也。

【譯文】

前人評論詩詞時，有寫景和抒情的區別。實際上是不知道一切寫景的語言，都是在抒情。

〔十一〕詞家多以景寓情。其專作情語而絕妙者，如牛嶠之「甘（甘當為須）作一生拼，盡君今日歡①」，顧夐之「換我心，為你心，始知相憶深

②」，歐陽修之「衣帶漸寬終不悔，為伊消得人憔悴」，美成之「許多煩惱，只為當時，一餉留情」，此等詞求之古今人詞中，曾不多見。

【注釋】

①牛嶠：晚唐五代詞人。字松卿，一字延峰，隴西人。「須作一生拚，盡君今日歡」出自牛嶠的《菩薩蠻》。

②顧夐（ㄒㄩㄥˋ）：五代詞人。《花間集》收顧夐詞五十五首。「換我心，為你心，始知相憶深」出自顧夐的《訴哀情》。

③「許多煩惱，只為當時，一餉留情」出自周邦彥的《慶宮春》。

【譯文】

詞作家經常在寫景中寄託抒情。直接抒發感情而寫得極巧妙的，只有牛嶠的「須作一生拚，盡君今日歡」，顧夐的「換我心，為你心，始知相憶深」，歐陽修（應為柳永）的「衣帶漸寬終不悔，為伊消得人憔悴」，周邦彥的「許多煩惱，只為當時，一餉留情」，這些詞句在古今所有詞作中，是不多見的。

菩薩蠻

牛嶠

玉爐冰簟鴛鴦錦，粉融香汗流山枕。
簾外轆轤聲，斂眉含笑驚。
柳陰煙漠漠，低鬢蟬釵落。
須作一生拼，盡君今日歡。

訴衷情

顧敻

永夜拋人何處去？絕來音。

香閣掩，眉斂，月將沉。
爭忍不相尋？怨孤衾。
換我心，為你心，始知相憶深。

鳳棲梧

柳永

佇倚危樓風細細。
望極春愁，黯黯生天際。
草色煙光殘照裡。
無言誰會憑闌意。
擬把疏狂圖一醉，對酒當歌，強樂還無味。
衣帶漸寬終不悔，為伊消得人憔悴。

慶宮春

周邦彥

雲接平岡，山圍寒野，路回漸轉孤城。
衰柳啼鴉，驚風驅雁，動人一片秋聲。
倦途休駕，淡煙裡、微茫見星。
塵埃憔悴，生怕黃昏，離思牽縈。
華堂舊日逢迎。花豔參差，香霧飄零。
弦管當頭，偏憐嬌鳳，夜深簧暖笙清。
眼波傳意，恨密約、匆匆未成。
許多煩惱，只為當時，一餉留情。

〔十二〕詞之為體，要眇宜修①。能言詩之所不能言，而不能盡言詩之所能言。詩之景闊，詞之言長。

【注釋】

①要眇：通「要妙」，精深微妙。宜修：本指形貌美好，此處指詞文的窈窕優美。

【譯文】

詞這種體裁是精深微妙、窈窕優美的。它能表達詩所不能表達的情感，同時又不能取代詩所能表達的所有內容。詩的意境寬闊，詞的韻味悠長。

〔十三〕言氣質，言神韻，不如言境界。有境界，本也。氣質、神韻，末也。有境界而二者隨之矣。

【譯文】

追求氣質，追求神韻，不如追求境界。

有境界才是本源，氣質、神韻都是細枝末節。如果有了境界，氣質和

神韻會隨之而來。

〔十四〕「西（西當為秋）風吹渭水，落日（日當為葉）滿長安①」，美成以之入詞，白仁甫以之入曲，此借古人之境界為我之境界者也。然非自有境界，古人亦不為我用。

【注釋】

①「秋風吹渭水，落葉滿長安」出自賈島的《憶江上吳處士》。周邦彥的《齊天樂．秋思》中有「渭水西風，長安亂葉」。白朴的《雙調得勝樂．秋》中有「聽落葉西風渭水」，《梧桐雨》雜劇第二折《普天樂》中有「西風渭水，落日長安」。

【譯文】

「秋風吹渭水，落葉滿長安」這一句，周邦彥將它融入到自己的詞中，白樸將它納入自己的曲中，這是借用古人的境界來營造自己的境界。但如果自己沒有境界，古人的境界也無法為我所用。

憶江上吳處士

賈島

閩國揚帆去，蟾蜍虧復圓。
秋風吹渭水，落葉滿長安。
此夜聚會夕，當時雷雨寒。
蘭橈殊未返，消息海雲端。

齊天樂．秋思

周邦彥

綠蕪凋盡台城路，殊鄉又逢秋晚。
暮雨生寒，鳴蛩勸織，深閣時聞裁剪。
雲窗靜掩。歎重拂羅裀，頓疏花簟。
尚有練囊，露螢清夜照書卷。

荊江留滯最久，故人相望處，離思何限。
渭水西風，長安亂葉，空憶詩情宛轉。
憑高眺遠。正玉液新篘，蟹螯初薦。
醉倒山翁，但愁斜照斂。

雙調得勝樂．秋

白樸

玉露冷，蛩吟砌。聽落葉西風渭水。寒雁兒長空嘹唳。陶元亮醉在東籬。

《梧桐雨》雜劇第二折《普天樂》

白樸

恨無窮，愁無限。爭奈倉促之際，避不得驀嶺登山。鑾駕遷。成都盼。更哪

堪潼水西飛雁，一聲聲送上雕鞍。傷心故園，西風渭水，落日長安。

〔十五〕長調自以周、柳、蘇、辛為最工。美成《浪淘沙慢》二詞，精壯頓挫，已開北曲之先聲。若屯田①之《八聲甘州》，東坡之《水調歌頭》，則佇興之作，格高千古，不能以常調論也。

【注釋】

①屯田：柳永，北宋著名詞人，婉約派代表人物。原名三變，字景莊，後改名柳永，字耆卿，因排行第七，又稱柳七，福建崇安人，以屯田員外郎致仕，故世稱柳屯田。

【譯文】

詞中的長調應當是周邦彥、柳永、蘇軾、辛棄疾寫得最為精妙。周邦彥的《浪淘沙慢》兩首詞，精緻壯闊，聲韻頓挫，已經為北曲開了先河。至於柳永的《八聲甘州》和蘇軾的《水調歌頭》，都是即興之作，格調高絕千古，不能當作一般的詞來評論。

浪淘沙慢

周邦彥

晝陰重，霜凋岸草，霧隱城堞。南陌脂車待發，東門帳飲乍闋。正拂面、垂揚堪攬結。掩紅淚、玉手親折。念漢浦離鴻去何許，經時信音絕。

情切。望中地遠天闊。向露冷風清，無人處、耿耿寒漏咽。嗟萬事難忘，唯是輕別。翠尊未竭。憑斷雲留取、西樓殘月。

羅帶光銷紋衾疊。連環解、舊香頓歇。怨歌永、瓊壺敲盡缺。恨春去、不與人期，弄夜色，空餘滿地梨花雪。

浪淘沙慢

周邦彥

萬葉戰，秋聲露結，雁度砂磧。細草和煙尚綠。遙山向晚更碧。見隱隱、雲邊新月白。映落照、簾幕千家，聽數聲、何處倚樓笛。裝點盡秋色。

脈脈。旅情暗自消釋。念珠玉、臨水猶悲戚，何況天涯客。憶少年歌酒，當時蹤跡。歲華易老，衣頻寬、懊惱心腸終窄。

飛散後、風流人阻。藍橋約、悵恨路隔。馬蹄過、猶嘶舊巷陌。歎往事、一一堪傷，曠望極。凝思又把闌杆拍。

八聲甘州

柳永

對瀟瀟、暮雨灑江天，一番洗清秋。漸霜風淒慘，關河冷落，殘照當樓。是處紅衰翠減，苒苒物華休。惟有長江水，無語東流。

不忍登高臨遠，望故鄉渺邈，歸思難收。歎年來蹤跡，何事苦淹留。想佳人、妝樓顒望，誤幾回、天際識歸舟。爭知我、倚闌杆處，正恁凝愁。

水調歌頭

蘇軾

明月幾時有？把酒問青天。不知天上宮闕，今夕是何年？我欲乘風歸去，又恐瓊樓玉宇，高處不勝寒。起舞弄清影，何似在人間。

轉朱閣，低綺戶，照無眠。不應有恨，何事長向別時圓？人有悲歡離合，月有陰晴圓缺，此事古難全。但願人長久，千里共嬋娟。

〔十六〕稼軒《賀新郎》詞《送茂嘉十二弟》，章法絕妙。且語語有境界，此能品而幾於神者。然非有意為之，故後人不能學也。

【譯文】

辛棄疾的《賀新郎．送茂嘉十二弟》一詞，章法佈局極為巧妙，每句話都有境界，已經達到出神入化的地步。然而作者並不是有意做出來的，所以後人沒辦法學習。

賀新郎·送茂嘉十二弟

辛棄疾

綠樹聽鵜鴂。更那堪、鷓鴣聲住，杜鵑聲切。啼到春歸無尋處，苦恨芳菲都歇。算未抵、人間離別。馬上琵琶關塞黑，更長門、翠輦辭金闕。看燕燕，送歸妾。

將軍百戰身名裂。向河梁、回頭萬里，故人長絕。易水蕭蕭西風冷，滿座衣冠似雪。正壯士、悲歌未徹。啼鳥還知如許恨，料不啼清淚長啼血。誰共我，醉明月？

〔十七〕稼軒《賀新郎》詞：「柳暗淩波路。送春歸猛風暴雨，一番新綠」，又《定風波》詞：「從此酒酣明月夜。耳熱」，「綠」、「熱」二字，皆作上去用。與韓玉①《東浦詞》《賀新郎》以「玉」「曲」葉②「注」「女」，《卜運算元》以「夜」「謝」葉「節」「月」，已開北曲四聲通押之祖。

【注釋】

①韓玉，字温甫，南宋詞人。

②葉：指葉韻又稱諧韻、協韻。意為押韻，符合韻律。

【譯文】

辛棄疾的《賀新郎》中有：「柳暗淩波路。送春歸猛風暴雨，一番新綠。」他的《定風波》中有：「從此酒酣明月夜。耳熱。」其中的「綠」、「熱」兩個字都讀作上聲和去聲。韓玉的《東浦詞》中《賀新郎》一詞，用「玉」「曲」與「注」「女」押韻，《卜運算元》中用「夜」「謝」與「節」「月」押韻，兩人已經為北曲的四聲通押一韻開了先例。

賀新郎

辛棄疾

柳暗淩波路。送春歸、猛風暴雨，一番新綠。千里瀟湘葡萄漲，人解扁舟欲

去。又檣燕、留人相語。艇子飛來生塵步，唾花寒、唱我新番句。波似箭，催鳴櫓。

黃陵祠下山無數。聽湘娥、泠泠曲罷，為誰情苦。行到東吳春已暮，正江闊、潮平穩渡。望金雀、觚棱翔舞。前度劉郎今重到，問玄都、千樹花存否。愁為倩，麼弦訴。

定風波

辛棄疾

金印累累佩陸離。河梁更賦斷腸詩。莫擁旌旗真個去。何處。玉堂元自要論思。

且約風流三學士。同醉。春風看試幾槍旗。從此酒酣明月夜。耳熱。那邊應是說儂時。

賀新郎・詠水仙

韓玉

綽約人如玉。試新妝、嬌黃半綠，漢宮勻注。倚傍小闌閑佇立，翠帶風前似舞。記洛浦、當年儔侶。羅襪塵生香冉冉，料征鴻、微步凌波女。驚夢斷，楚江曲。

春工若見應為主。忍教都、閑亭邃館，冷風淒雨。待把此花都折取，和淚連香寄與。須通道、離情如許。煙水茫茫斜照裡，是騷人、九辨招魂處。千古恨，與誰語。

卜運算元

韓玉

楊柳綠成陰，初過寒食節。門掩金鋪獨自眠，哪更逢寒夜。

強起立東風，慘慘梨花謝。何事王孫不早歸，寂寞秋千月。

〔十八〕譚複堂①《篋中詞選》謂：「蔣鹿潭②《水雲樓詞》與成容若③、項蓮生④，三（三當為二）百年間，分鼎三足。」然《水雲樓詞》小令頗有境界，長調唯存氣格。《憶雲詞》精實有餘，超逸不足，皆不足與容若比。然視皋文、止庵輩，則倜乎遠矣。

【注釋】

①譚複堂：譚獻（一八三二年～一九〇一年），近代詞人、學者。初名廷獻，字仲修，號複堂。

②浙江仁和（今杭州市）人。

蔣鹿潭：蔣春霖（一八一八年～一八六八年），晚清詞人。字鹿潭，江蘇江陰人。

③成容若：指納蘭性德。

④項蓮生：項廷紀原名繼章，清代詞人，又名鴻祚，字蓮生，浙江錢塘人。

【譯文】

譚獻在《篋中詞選》中說：「蔣春霖著有《水雲樓詞》，他與納蘭性

德、項蓮生三人，在清代三足鼎立，引領詞壇二〇〇年。」然而蔣春霖的《水雲樓詞》中，小令很有境界，長調卻只有點氣韻風格。項蓮生的《憶雲詞》精緻充實，但缺乏超脫曠逸，二人都不能和納蘭性德相比。但是如果與張惠言和周濟等人相比，二人就灑脫得多了。

〔十九〕詞家時代之說，盛於國初。竹垞①謂：詞至北宋而大，至南宋而深。後此詞人，群奉其說。然其中亦非無具眼者。周保緒②曰：「南宋下不犯北宋拙率之病，高不到北宋渾涵之詣。」又曰：「北宋詞多就景敘情，故珠圓玉潤，四照玲瓏。至稼軒、白石，一變而為即事敘景，故深者反淺，曲者反直。」潘四農③曰：「詞濫觴於唐，暢於五代，而意格之閎深曲摯，則莫盛於北宋。詞之有北宋，猶詩之有盛唐。至南宋則稍衰矣。」劉融齋曰：「北宋詞用密亦疏、用隱亦亮、用沈亦快、用細亦闊、用精亦渾。南宋只是掉轉過來。」可知此事自有公論。雖止庵④詞頗淺薄，潘、劉尤甚。然其推尊北宋，則與明季雲間諸公⑤，同一卓識也。

【注釋】

①竹垞［ㄔㄚˊ］：朱彝尊（一六二九年～一七〇九年），清代詩人、詞人、學者、藏書家。字錫鬯，號竹垞，又號驅芳，晚號小長蘆釣魚師，又號金風亭長。

②周保緒：指周濟。潘四農：

③潘德輿（一七八五年～一八三九年）清代詩文家、文學評論家。字彥輔，號四農，別號艮庭居士、三錄居士、念重學人、念石人，江蘇山陽（今淮安）人。

④止庵：也指周濟。

⑤雲間諸公：指「雲間三子」，指明末詞人陳子龍、宋徵輿、李雯三人皆為松江華亭（今上海松江，雲間為松江別稱）人，時稱「雲間三子」。

【譯文】

關於詞的時代特徵的評論，盛行於清朝初期。朱彝尊說：詞到北宋時境界擴大，到南宋則意境轉為精深。後來的詞人，大多奉行他的觀點。然而也有獨具慧眼的人。周濟說：南宋的詞不像北宋詞有粗拙直率的毛病，但也達不到北宋詞博大深沉的造詣。他還說：北宋詞大多在寫景中抒情，所以文字流暢明快，玲瓏剔透。到了辛棄疾和姜夔時，就變成了在敘事

中寫景，深厚處變得淺顯，委婉處變得直敘。潘德輿說：詞起源於唐，在五代得到發展，而意境格調達到廣博深遠、曲折多變是在北宋。北宋時代的詞就好像盛唐時的詩一樣。到了南宋詞就逐漸衰微了。劉融齋說：北宋的詞表達濃密的意思也顯得氣韻疏朗、表達隱晦也顯得明亮，情緒深沉也顯得明快，表達細膩而又開闊，表達精緻中也有淳樸。南宋的詞只是反其道而行。從以上可知，對詞的評價自有公允的論斷。雖然周濟的詞很淺薄，潘德輿和劉熙載的詞還不如周濟。但是他們推崇北宋的詞，卻和明朝末年的「雲間三子」具有同樣的真知卓見。

〔二十〕唐、五代、北宋之詞，可謂生香真色。若雲間諸公，則彩花耳。湘真①且然，況其次也者乎？

【注釋】

①湘真：陳子龍（一六〇八年～一六四七年）明末文學家。初名介，字臥

子、懋中、人中，號大樽、海士、軼符等。為婉約詞名家、雲間詞派盟主，被後代眾多著名詞評家譽為「明代第一詞人」。他的詞集名為《湘真閣》。

【譯文】

唐、五代、北宋的詞，可以稱得上是情致宛然，自然真切。到了明代雲間詞人的作品，就僅僅是色彩斑斕的花而已。陳子龍的詞尚且如此，何況那些還不如他的人呢？

〔二十一〕①《衍波詞》之佳者，②頗似賀方回。雖不及容若，③要在錫鬯其年之上。

【注釋】

①《衍波詞》：是清初王士禛的詞集。

②錫鬯〔ㄔㄤˋ〕：指朱彝尊。

③其年：陳維崧（一六二五年～一六八二年），清代詞人、駢文作家。字其年，號迦陵。

【譯文】

王士禎的《衍波詞》中的佳作，有點近似於賀鑄的詞，雖然比不上納蘭性德的詞，卻要在朱彝尊和陳維崧之上。

〔二十二〕近人詞如《複堂詞》①之深婉，《彊村詞》②之隱秀，皆在半塘老人③上。彊村學夢窗而情味較夢窗反勝。蓋有臨川④、廬陵⑤之高華，而濟以白石之疏越者。學人之詞，斯為極則。然古人自然神妙處，尚未見及。

【注釋】

①《複堂詞》：近代詞人譚獻的詞集。

②《彊村詞》：清朝朱祖謀的詞集，原名朱孝臧（一八五七～一九三一），字藿生，一字古微，一作古薇，號漚尹，又號彊村，浙江吳興人。晚清四大詞家之一，著有《彊村詞》。

③半塘老人：王鵬運（一八四九年～一九〇四年）晚清詞人。字佑遐，一

字幼霞，中年自號半塘老人，又號鶩翁，晚年號半塘僧鶩。

④臨川：王安石（一〇二一年～一〇八六年），字介甫，號半山，臨川（今江西撫州市臨川區）人，北宋著名的思想家、政治家、文學家、改革家。

⑤廬陵：指歐陽修，他的祖籍江西省吉安市，古代稱廬陵。

【譯文】

近代人所作詞如譚獻的《複堂詞》深切委婉，朱祖謀的《彊村詞》含蓄清秀，都比王鵬運的詞要好。朱祖謀學習吳文英的風格，卻比吳文英更有情味，大體有王安石和歐陽修的高妙華美，兼有姜夔的疏朗清越。朱祖謀在學習前人的詞中，已經達到最高水準。然而要達到古人自然神妙的境界，還有一定的差距。

〔二十三〕宋尚木（尚木當為直方）①《蝶戀花》：「新樣羅衣渾棄卻，猶尋舊日春衫著」，譚復堂《蝶戀花》：「連理枝頭儂與汝，千花百草從渠許。」可謂寄興深微。

【注釋】

①宋直方：宋徵輿（一六一八年～一六六七年），清代詞人。字直方，一字轅文，江蘇松江華亭人。

【譯文】

宋徵輿的《蝶戀花》中有一句：「新樣羅衣渾棄卻，猶尋舊日春衫著。」譚獻的《蝶戀花》中有一句：「連理枝頭儂與汝，千花百草從渠許。」這兩句稱得上是寄託情感既深刻又微妙。

蝶戀花

宋徵輿

寶枕輕風秋夢薄。紅斂雙蛾，顛倒垂金雀。新樣羅衣渾棄卻。猶尋舊日春衫著。

偏是斷腸花不落，人苦傷心，鏡裡顏非昨。曾誤當初青女約，只今霜夜思量著。

蝶戀花

譚獻

帳裡迷離香似霧，不燼爐灰，酒醒聞餘語。連理枝頭儂與汝。千花百草從渠許。

蓮子青青心獨苦，一唱將離，日日風兼雨。豆蔻香殘楊柳暮。當時人面無尋處。

〔二十四〕《半塘丁稿》中和馮正中《鵲踏枝》十闋，乃《鶩翁詞》之最精者。「望遠愁多休縱目①」等闋，郁伊惝怳，令人不能為懷。《定稿》只存六闋，殊為未允也。

【注釋】

①望遠愁多休縱目：出自王鵬運《鵲踏枝》其七。

【譯文】

王鵬運的《半塘丁稿》有應和馮延巳的《鵲踏枝》寫的詞十首，這是王鵬運《鶩翁詞》中最精彩的作品。「望遠愁多休縱目」等首，憂鬱惆悵，令人不能釋懷。但是《半塘定稿》卻只保留了六首，這實在是不恰當的。

鵲踏枝

王鵬運

（馮正中《鵲踏枝》十四闋，郁伊惝怳，義兼比興，蒙耆誦焉。春日端居，依次屬和。就均成詞，無關寄託，而章句尤為淩雜。憶雲生云：「不為無益之事，何以遣有涯之生？」三複前言，我懷如揭矣。時光緒丙申三月二十八日。錄十。）

其一

落蕊殘陽紅片片。懊恨比鄰，盡日流鶯轉。似雪楊花吹又散。東風無力將春限。

慵把香羅裁便面。換到輕衫，歡意垂垂淺。襟上淚痕猶隱見。笛聲催按梁州遍。

其二

斜日危闌凝佇久。問訊花枝，可是年時舊。濃睡朝朝如中酒。誰憐夢裡人消瘦。

香閣簾櫳煙閣柳。片霎氤氳，不信尋常有。休遣歌筵回舞袖。好懷珍重春三後。

其三

譜到陽關聲欲裂。亭短亭長，楊柳那堪折。挑菜湔裙春事歇。帶羅羞指同心結。

千里孤光同皓月。畫角吹殘，風外還嗚咽。有限墜歡爭忍說。傷生第一生離別。

其四

風蕩春雲羅樣薄。難得輕陰，芳事休閒卻。幾日啼鵑花又落。綠箋莫忘深深約。
老去吟情渾寂寞。細雨簷花，空憶燈前酌。隔院玉簫聲乍作，眼前何物供哀樂。

其五

漫說目成心便許。無據楊花，風裡頻來去。悵望朱樓難寄語。傷春誰念司動誤。
枉把遊絲牽弱縷。幾片閑雲，迷卻相思路。錦帳珠簾歌舞處。舊歡新恨思量否。

其六

晝日懨懨驚夜短。片霎歡娛，那惜千金換。燕睨鶯顰春不管。敢辭弦索為君斷。

隱隱輕雷聞隔岸。暮雨朝霞，咫尺迷銀漢。獨對舞衣思舊伴。龍山極目煙塵滿。

其七

望遠愁多休縱目。步繞珍叢，看筍將成竹。曉露暗垂珠簏簌。芳林一帶如新浴。

簷外春山森碧玉。夢裡驂鸞，記過清湘曲。自定新弦移雁足。弦聲未抵歸心促。

其八

誰遣春韶隨水去。醉倒芳尊，望卻朝和暮。換盡大堤芳草路。倡條都是相思樹。

蠟燭有心燈解語。淚盡唇焦，此恨消沈否。坐對東風憐弱絮。萍飄後日知何處。

其九

對酒肯教歡意盡。醉醒懨懨，無那忺春困。錦字雙行箋別恨。淚珠界破殘妝粉。

輕燕受風飛遠近。消息誰傳，盼斷烏衣信。曲幾無憀閑自隱。鏡奩心事孤鸞鬢。

其十

幾見花飛能上樹。難系流光，枉費垂楊縷。箏雁斜飛排錦柱。只伊不解將春去。

漫詡心情黏地絮，容易飄颺，那不驚風雨。倚遍闌杆誰與語。思量有恨無人處。

〔二十五〕固哉，皋文之為詞也！飛卿《菩薩蠻》、永叔《蝶戀花》、子瞻《卜運算元》，皆興到之作，有何命意？皆被皋文深文羅織。阮亭①《花草蒙拾》謂：「坡公命宮磨蠍②，生前為王珪③、舒亶④輩所苦，身後又硬受此差排。」由今觀之，受差排者，獨一坡公已耶？

【注釋】

①阮亭：指清初詩人王士禎。

②磨蠍：星宿名。「磨蠍宮」的省稱。舊時迷信星象者，謂生平行事常遭挫折者為遭逢磨蠍。

③王珪（一〇一九年～一〇八五年），字禹玉，北宋有名宰相，著名文學家。

④舒亶（一〇四一年～一一〇三年）字通道，號懶堂，慈溪（今屬浙江）人。北宋官員，與李定一同彈劾蘇軾，後成「烏台詩案」。

【譯文】

張惠言對詞的評論，實在是迂腐。溫庭筠的《菩薩蠻》、歐陽修的《蝶

戀花》、蘇軾的《蓟運算元》，都是即興而成的，有什麼主旨寓意呢？都被張惠言剖析編造出言外之意。王士禎在《花草蒙拾》中說：「蘇軾先生命宮在磨蠍（常逢挫折），生前受到王珪、舒亶等人的斷章取義和彈劾，死後又被張惠言生硬曲解。」現在看來，受到曲解的，何止是蘇軾一人呢？

菩薩蠻

溫庭筠

小山重疊金明滅，鬢雲欲度香腮雪。懶起畫蛾眉，弄妝梳洗遲。照花前後鏡，花面交相映。新帖繡羅襦，雙雙金鷓鴣。

鵲踏枝

馮延巳

庭院深深深幾許？楊柳堆煙，簾幕無重數。玉勒雕鞍遊冶處，樓高不見章台路。

雨橫風狂三月暮，門掩黃昏，無計留春住。淚眼問花花不語，亂紅飛過秋千去。

卜運算元

蘇軾

缺月掛疏桐，漏斷人初靜。誰見幽人獨往來，縹緲孤鴻影。

驚起卻回頭，有恨無人省。揀盡寒枝不肯棲，寂寞沙洲冷。

〔二十六〕賀黃公①謂：「姜論史詞，不稱其『軟語商量』，而稱（稱當為賞）其『柳昏花暝』②，固知不免項羽學兵法之恨。」然「柳昏花暝」，自是歐秦輩句法，前後有畫工、化工之殊。吾從白石，不能附和黃公矣。

【注釋】

①賀黃公：賀裳，清代詞人，字黃公，號檗齋，別號白鳳詞人，江南丹陽人。著有《紅牙詞》《皺水軒詞筌》《載酒園詩話》。

②「軟語商量」「柳昏花暝」都出自史達祖的《雙雙燕·詠燕》。

【譯文】

賀裳說：「姜夔評論史達祖的詞時，不稱道他的『軟語商量』，而欣賞他的『柳昏花暝』，這就如同項羽學習兵法一樣，略知其意，卻沒有深刻領悟。」然而「柳昏花暝」本來是歐陽修、秦觀等人的寫法，但兩人與史達祖的寫法相比，是高超畫技與自然天成的區別（意指史達祖更好）。所以，我同意姜夔的觀點，不能附和賀裳的意見。

雙雙燕·詠燕

史達祖

過春社了，度簾幕中間，去年塵冷。差池欲住，試入舊巢相並。還相雕梁藻

井，又軟語、商量不定。飄然快拂花梢，翠尾分開紅影。

芳徑。芹泥雨潤。愛貼地爭飛，競誇輕俊。紅樓歸晚，看足柳昏花暝。應自棲香正穩，便忘了、天涯芳信。愁損翠黛雙娥，日日畫闌獨憑。

〔二十七〕「池塘春草謝家春，萬古千秋五字新。傳語閉門陳正字，可憐無補費精神。①」此遺山②《論詩絕句》也。夢窗、玉田輩，當不樂聞此語。

【注釋】

①「池塘春草謝家春，萬古千秋五字新。傳語閉門陳正字，可憐無補費精神。」意思是：「池塘生春草」這五個字，千秋萬古，歷久彌新，是謝靈運的經典詩句。我要告訴閉門覓句的陳師道先生，那樣閉門造車是沒有結果的。陳正字：陳師道（一〇五三年～一一〇二年）北宋官員、詩人。字履常，一字無己，號後山居士，有「閉門覓句陳無己」之稱。著有《後山詞》。

②遺山：元好問，字裕之，號遺山，太原秀容（今山西忻州）人，金代著名詩人。其《論詩絕句》三十首在中國文學批評史上頗有地位。

【譯文】

「池塘春草謝家春，萬古千秋五字新。傳語閉門陳正字，可憐無補費精神。」這是元好問在《論詩絕句》中的一首。吳文英和張炎等人應當不喜歡聽到這樣的話。

〔二十八〕朱子①《清邃閣論詩》謂：「古人詩中有句，今人詩更無句，只是一直說將去。這般詩一日作百首也得。」余謂北宋之詞有句，南宋以後便無句。如玉田、草窗之詞，所謂「一日作百首也得」者也。

【注釋】

①朱子：朱熹（一一三〇年～一二〇〇年），字元晦，又字仲晦，號晦庵，晚稱晦翁，諡文，世稱朱文公。宋朝著名的理學家、思想家、哲學家、教育家、詩人，閩學派的代表人物，儒學集大成者，世尊稱為朱子。

【譯文】

朱熹夫子在《清邃閣論詩》中說：「古人的詩中有經典句，今天人的詩中沒有經典句，只是一直說下去，這種詩一天可以寫一百首。」我認

為北宋的詞有經典句，南宋以後的詞就沒有了。例如張炎、周密的詞，就是一天可以寫一百首的詞。

〔二十九〕朱子謂：「梅聖俞詩，不是平淡，乃是枯槁。」余謂草窗、玉田之詞亦然。

【譯文】

朱熹夫子說：「梅堯臣的詩，不是平淡如水，而是枯萎無生機。」我認為周密、張炎的詞也是如此。

〔三十〕「自憐詩酒瘦，難應接，許多春色①」，「能幾番遊？看花又是明年②」，此等語亦算警句耶？乃值如許筆力！

【注釋】

①「自憐詩酒瘦，難應接，許多春色」出自史達祖的《喜遷鶯》：憐惜自己因為詩和酒而消瘦，難以領略眼前的美麗春色。

②「能幾番遊？看花又是明年」出自張炎的《高陽臺·西湖春感》，意思是：還能盡興地遊玩幾次？再看花時要等到明年。

【譯文】

「自憐詩酒瘦，難應接，許多春色」，「能幾番遊？看花又是明年」，這樣的詞句也算得上深刻動人的警句嗎？哪值得花費這麼大力氣。

喜遷鶯

史達祖

月波疑滴。望玉壺天近，了無塵隔。翠眼圈花，冰絲織練，黃道寶光相直。自憐詩酒瘦，難應接、許多春色。最無賴，是隨香趁燭，曾伴狂客。蹤跡。謾記憶。老了杜郎，忍聽東風笛。柳院燈疏，梅廳雪在，誰與細傾春碧。舊情拘未定，猶自學、當年遊歷。怕萬一，誤玉人、夜寒簾隙。

高陽臺・西湖春感

張炎

接葉巢鶯，平波卷絮，斷橋斜日歸船。能幾番遊，看花又是明年。東風且伴薔薇住，到薔薇、春已堪憐。更淒然。萬綠西泠，一抹荒煙。

當年燕子知何處，但苔深韋曲，草暗斜川。見說新愁，如今也到鷗邊。無心再續笙歌夢，掩重門、淺醉閑眠。莫開簾。怕見飛花，怕聽啼鵑。

〔三十一〕文文山①詞，風骨甚高，亦有境界，遠在聖與②、叔夏③、公謹④諸公之上。亦如明初誠意伯詞⑤，非季迪⑥、孟載⑦諸人所敢望也。

【注釋】

①文文山：文天祥（一二三六年～一二八三年），初名雲孫，字宋瑞，一字履善。自號文山、浮休道人。江西吉州廬陵（今江西省吉安市青原區富田鎮）

人，宋末政治家、文學家，愛國詩人，抗元名臣。

②聖與：王沂孫，宋元時詞人。字聖與，又字詠道，號碧山，又號中仙，會稽（今浙江紹興）人，著有《花外集》，後人易名為《碧山樂府》。

③叔夏：指張炎。

④公謹：指周密。

⑤誠意伯：劉基（一三一一年～一三七五年），字伯温，青田縣南田鄉（今屬浙江省文成縣）人，故稱劉青田，元末明初的軍事家、政治家、文學家，明朝開國元勳，明洪武三年（一三七〇年）封誠意伯，故又稱劉誠意。

⑥季迪：高啟（一三三六年～一三七三年）漢族，江蘇蘇州人，元末明初著名詩人。字季迪，號槎軒，平江路（明改蘇州府）長洲縣（今江蘇省蘇州市）人。

⑦孟載：名楊基（一三二六年～一三七八年），元末明初詩人，字孟載，號眉庵。

【譯文】

文天祥的詞，格調非常高，也有境界，遠遠超過王沂孫、張炎和周密

等人。也正像劉基的詞一樣，不是高啟、楊基等人可以相比的。

〔三十二〕和凝①《長命女》詞：「天欲曉。宮漏穿花聲繚繞，窗裡星光少。冷霞寒侵帳額，殘月光沈樹杪。夢斷錦闈空悄悄。強起愁眉小。」此詞前半，不減夏英公《喜遷鶯》也。

【注釋】

①和凝：（八九八年～九五五年），五代時文學家、法醫學家。字成績，鄆州須昌（今山東東平）人。

【譯文】

和凝在《長命女》中寫道：「天欲曉。宮漏穿花聲繚繞，窗裡星光少。冷霞寒侵帳額，殘月光沈樹杪。夢斷錦闈空悄悄。強起愁眉小。」這首詞的前半闋，不比夏竦的《喜遷鶯》遜色。

長命女

和凝

天欲曉。宮漏穿花聲繚繞，窗裡星光少。
冷霞寒侵帳額，殘月光沈樹杪。夢斷錦闈空悄悄。強起愁眉小。

喜遷鶯

夏竦

霞散綺，月垂鉤。簾卷未央樓。夜涼銀漢截天流，宮闕鎖清秋。
瑤階曙，金盤露。鳳髓香盤煙霧。三千珠翠擁宸游，水殿按涼州。

〔三十三〕宋《李希聲詩話》曰：「唐人作詩，正以風調高古為主。雖意遠語疏，皆為佳作。後人有切近的當、氣格凡下者，終使人可憎。」余謂北宋詞亦不妨疏遠。若梅溪以下，正所謂「切近的當、氣格凡下」者也。

【譯文】

宋代《李希聲詩話》說：「唐代人寫詩，正是以格調高尚古樸為准。雖然用意深遠而語言疏淡，卻都是好作品。後人寫詩如果意淺語實、格調不高，終歸讓人覺得面目可憎。」我認為北宋的詞可稱得上疏淡超逸，但史達祖之後，就是「意淺語實、格調不高」了。

〔三十四〕自竹垞痛貶《草堂詩餘》而推《絕妙好詞》，後人群附和之。不知《草堂》雖有褻諢之作，然佳詞恒得十之六七。《絕妙好詞》則除張①、范、辛、劉②諸家外，十之八九，皆極無聊賴之詞。甚矣，人之貴耳賤目也！

【注釋】

①張：張孝祥（一一三二年～一一七〇年），南宋著名詞人、書法家。字安國，別號於湖居士，曆陽烏江（今安徽和縣烏江鎮）人。

②劉：劉過（一一五四年～一二〇六年）南宋文學家，字改之，號龍洲道人。吉州太和（今江西泰和縣）人。

【譯文】

自從朱彝尊極力貶低《草堂詩餘》而推崇《絕妙好詞》，後人大多群起而附和。卻不知道《草堂詩餘》雖然有些庸俗的作品，但十分之六七還是好詞。《絕妙好詞》中除了張孝祥、范成大、辛棄疾、劉過幾位外，十分之八九都是極無聊的詞。人們喜歡聽別人說而輕視自己親眼去看的毛病，實在是太過了。

〔三十五〕梅溪、夢窗、玉田、草窗、西麓諸家，詞雖不同，然同失之膚淺。雖時代使然，亦其才分有限也。近人棄周鼎而寶康瓠①，實難索解。

【注釋】

①周鼎：指周代傳國的九鼎。比喻寶器。康瓠：空壺，破瓦壺。多用以喻庸才。

【譯文】

史達祖、吳文英、張炎、周密、陳允平等人，詞風雖然不同，但同樣有膚淺的毛病。雖然與他們所處時代有關，也受他們自身的文才所限。現代人捨棄真正的名家而推崇平庸之輩，實在令人費解。

〔三十六〕余友沈昕伯紘①自巴黎寄余《蝶戀花》一闋云：「簾外東風隨燕到。春色東來，循我來時道。一霎圍場生綠草，歸遲卻怨春來早。錦繡一城春水繞。庭院笙歌，行樂多年少。著意來開孤客抱，不知名字閑花鳥。」此詞當在晏氏父子間，南宋人不能道也。

【注釋】

①沈昕伯紘：沈紘，字昕伯，王國維就讀於東文學社時的同學，摯交好友。

【譯文】

我的朋友沈紘從巴黎寄給我一首《蝶戀花》，寫道：「簾外東風隨燕

到。春色東來，循我來時道。一霎圍場生綠草，歸遲卻怨春來早。錦繡一城春水繞。庭院笙歌，行樂多年少。著意來開孤客抱，不知名字閑花鳥。」這首詞的水準應該與晏殊和晏幾道父子相近，南宋人是寫不出來的。

〔三十七〕「君王枉把平陳樂，換得雷塘數畝田①」，政治家之言也。「長陵亦是閑丘隴，異日誰知與仲多②」，詩人之言也。政治家之眼，域於一人一事。詩人之眼，則通古今而觀之。詞人觀物，須用詩人之眼，不可用政治家之眼。故感事、懷古等作，當與壽詞同為詞家所禁也。

【注釋】

①「君王枉把平陳樂，換得雷塘數畝田」出自羅隱的《煬帝陵》。

②「長陵亦是閑丘隴，異日誰知與仲多」出自唐彥謙的《仲山·高祖兄仲山隱居之所》。

【譯文】

「君王枉把平陳樂，換得雷塘數畝田」，這是政治家的語言。「長陵亦是閑丘隴，異日誰知與仲多」，這是詩人的語言。政治家的眼光局限在特定的人和事，詩人的眼光是貫通古今來看的。詞人觀察事物，必須用詩人的眼光，不可以用政治家的眼光。

所以，感事、懷古的作品，應當和祝壽詞一樣是詞家不涉獵的題材。

煬帝陵

羅隱

入郭登橋出郭船，紅樓日日柳年年。
君王忍把平陳樂，只博雷塘數畝田。

仲山・高祖兄仲山隱居之所

唐彥謙

千載遺蹤寄薜蘿，沛中鄉里漢山河。
長陵亦是閑丘隴，異日誰知與仲多。

〔三十八〕宋人小說，多不足信。如《雪舟脞語》謂：台州知府唐仲友①眷官伎嚴蕊②奴。朱晦庵系治之。及晦庵移去，提刑嶽霖行部至台，蕊乞自便。嶽問曰：「去將安歸？」蕊賦《卜運算元》詞云：「住也如何住」云云。案：此詞系仲友戚高宣教作，使蕊歌以侑觴者，見朱子《糾唐仲友奏牘》。則《齊東野語》所紀朱、唐公案，恐亦未可信也。

【注釋】

①唐仲友：（一一三六～一一八八年），字與政，又稱說齋先生，金華人。

②嚴蕊：原姓周，字幼芳，南宋中期女詞人。南宋紹興年間進士，曾知台州。

【譯文】

宋人的筆記小說，大都不可信。例如《雪舟脞語》中說：台州知府唐仲友因為納官妓嚴蕊為妾，朱熹曾經將嚴蕊逮捕入獄。等到朱熹調離別處，提刑官嶽霖到台州巡查，嚴蕊乞求釋放。岳霖問：「離開後，你將去哪裡？」嚴蕊寫下《卜運算元》：「住也如何住」等等。我認為，這首詞是唐仲友的親戚高宣教寫的，讓嚴蕊歌唱勸酒助興，這件事在朱熹的《糾唐仲友奏牘》中有記載。因此周密的《齊東野語》所記載的朱熹與唐仲友打官司的事，恐怕也不可信了。

卜運算元

嚴蕊

不是愛風塵，似被前身誤。花落花開自有時，總是東君主。
去也終須去，住也如何住。若得山花插滿頭，莫問奴歸處。

〔三十九〕《滄浪》《鳳兮》①二歌，已開楚辭體格。然楚辭之最工者，

推屈原、宋玉②，而後此之王褒③、劉向④之詞不與焉。五古之最工者，實推阮嗣宗⑤、左太沖⑥、郭景純⑦、陶淵明，而前此曹⑧劉⑨，後此陳子昂⑩、李太白不與焉。詞之最工者，實推後主、正中、永叔、少游、美成，前此溫韋，後此姜吳，皆不與焉。

【注釋】

①《滄浪》出自《孟子》的《孺子歌》，《鳳兮》出自《論語》的楚狂接輿歌。

②宋玉：戰國末期楚國辭賦家，名子淵，崇尚老莊，戰國時期鄢（今湖北宜城市）人，流傳作品有《九辯》《風賦》《高唐賦》《登徒子好色賦》等。

③王褒：字子淵，西漢著名辭賦家，蜀資中（今四川省資陽市雁江區墨池壩）人，寫有《洞簫賦》等賦十六篇。

④劉向：原名更生，字子政，西漢楚國彭城（今江蘇徐州）人，西漢經學家、目錄學家、文學家。阮嗣宗：

⑤阮籍（二一〇年～二六三年），三國時期的魏國詩人。字嗣宗。陳留尉氏（今河南省開封市尉氏縣）人。竹林七賢之一。

⑥左太沖：左思，字太沖，齊國臨淄（今山東淄博）人。西晉著名文學家，

其《三都賦》頗被當時稱頌，造成「洛陽紙貴」。

⑦郭景純：郭璞（二七六年～三二四年），字景純，河東郡聞喜縣（今山西省聞喜縣）人，兩晉時期著名文學家、訓詁學家、風水學者。

⑧曹：曹植（一九二年～二三二年），三國時期曹魏著名文學家，建安文學的代表人物。字子建，沛國譙（今安徽省亳州市）人。

⑨劉：劉楨，字公幹，山東寧陽人，東漢名士，建安七子之一。

⑩陳子昂：梓州射洪（今四川射洪縣）人，字伯玉。唐代詩人。

【譯文】

《滄浪》《鳳兮》兩首已經開創了楚辭的體式。但楚辭作者中最有成就的，還是屈原和宋玉，後來的王褒、劉向的作品很難與之媲美。五言古詩中最有成就的是阮籍、左思、郭璞、陶淵明，在他們之前的曹植和劉楨，之後的陳子昂、李白，都不能與之比肩。詞中最有成就的是李煜、馮延巳、歐陽修、秦觀、周邦彥，前代的溫庭筠、韋莊，後來的姜夔、吳文英，都不如他們。

孺子歌

《孟子・離婁上》

滄浪之水清兮，可以濯我纓。
滄浪之水濁兮，可以濯我足。

楚狂接輿歌

論語・微子

鳳兮鳳兮，何德之衰？
往者不可諫，來者猶可追。
已而已而，今之從政者殆而。

〔四十〕唐、五代之詞，有句而無篇。南宋名家之詞，有篇而無句。有篇有句，唯李後主降宋後之作，及永叔、子瞻、少游、美成、稼軒數人而已。

【譯文】

唐朝和五代的詞，有名句而沒有名篇。南宋名家的詞，有名篇而沒有名句。有名篇又有名句的，只有李煜降宋之後的作品，以及歐陽修、蘇軾、秦觀、周邦彥、辛棄疾這幾個人而已。

〔四十一〕唐、五代、北宋之詞家，倡優也。南宋後之詞家，俗子也。二者其失相等。然詞人之詞，寧失之倡優，不失之俗子。以俗子之可厭，較倡優為甚故也。

【譯文】

唐朝、五代、北宋的詞作家好似歌妓優伶。南宋後的詞作家則是庸俗

無聊的人。兩種人的不足之處大致等同。但是詞人的詞，寧願像歌妓優伶，也不能庸俗無聊。因為庸俗無聊的人比歌妓優伶更令人生厭。

〔四十二〕《蝶戀花》「獨倚危樓」一闋，見《六一詞》，亦見《樂章集》。余謂：屯田輕薄子，只能道「奶奶蘭心蕙性」①耳。

【注釋】

①「奶奶蘭心蕙性」出自柳永的《玉女搖仙佩．佳人》。

【譯文】

《蝶戀花．獨倚危樓》這首詞，既出現在歐陽修的《六一詞》中，也收在柳永的《樂章集》中。我認為柳永是一個輕薄浪子，只能作出「奶奶蘭心蕙性」這樣的句子。（這首詞實為柳永作品。）

鳳棲梧

柳永

佇倚危樓風細細。望極春愁，黯黯生天際。草色煙光殘照裡。無言誰會憑闌意。

擬把疏狂圖一醉，對酒當歌，強樂還無味。衣帶漸寬終不悔，為伊消得人憔悴。

玉女搖仙佩·佳人

柳永

飛瓊伴侶，偶別珠宮，未返神仙行綴。取次梳妝，尋常言語，有得幾多姝麗。擬把名花比。恐旁人笑我，談何容易。細思算、奇葩豔卉，惟是深紅淺白而已。爭如這多情，占得人間，千嬌百媚。

須信畫堂繡閣，皓月清風，忍把光陰輕棄。自古及今，佳人才子，少得當年雙美。且恁相偎倚。未消得、憐我多才多藝。願奶奶、蘭心蕙性，枕前言下，

表余深意。為盟誓。今生斷不孤鴛被。

〔四十三〕讀《會真記》①者，惡張生之薄幸，而恕其奸非。讀《水滸傳》者，恕宋江之橫暴，而責其深險。此人人之所同也。故豔詞可作，唯萬不可作儇薄②語。龔定盦③詩云：「偶賦淩雲偶倦飛，偶然閑慕遂初衣。偶逢錦瑟佳人問，便說尋春為汝歸。」其人之涼薄無行，躍然紙墨間。余輩讀耆卿④、伯可⑤詞，亦有此感。視永叔、希文⑥小詞何如耶？

【注釋】

①《會真記》：又名《鶯鶯傳》，作者為唐朝元稹，敘述了張生與崔鶯鶯的愛情悲劇故事，為唐人傳奇中之名篇。

②儇薄〔ㄒㄩㄢ ㄅㄛˋ〕：巧佞輕佻。

③龔定盦：龔自珍（一七九二年～一八四一年），字璱〔ㄙㄜˊ〕人，號定盦，後更名易簡，字伯定，又更名鞏祚。清代思想家、文學家。

④耆卿：指柳永。

⑤伯可：指康與之，字伯可，號順庵，洛陽人，居滑州（今河南滑縣）。

⑥希文：指范仲淹。

【譯文】

讀《會真記》的人，都厭惡張生的薄情，而寬恕他的淫亂。讀《水滸傳》的人，都寬恕宋江的強橫兇惡，而指責他的深沉陰險。人人的看法是共通的。所以可以寫情話，只是萬萬不能寫巧佞輕佻的言語。龔自珍詩中寫道「偶賦淩雲偶倦飛，偶然閑慕遂初衣。偶逢錦瑟佳人問，便說尋春為汝歸。」此人的淺薄和品行不端活生生地暴露在紙墨間。我讀柳永、康與之的詞，也有同樣的感覺。但看到歐陽修和范仲淹的詞，就不一樣了吧？

己亥雜詩

龔自珍

偶賦淩雲偶倦飛，偶然閑慕遂初衣。

偶逢錦瑟佳人問，便說尋春為汝歸。

〔四十四〕詞人之忠實，不獨對人事宜然。即對一草一木，亦須有忠實之意，否則所謂遊詞也。

【譯文】

詞人的真實，不但對待人和事上應該如此，即使對待一草一木，也必須有真實的態度，要不然就是言辭輕薄浮誇的「遊詞」了。

〔四十五〕讀《花間》《尊前》①集，令人回想徐陵《玉台新詠》②。讀《草堂詩餘》③，令人回想韋穀《才調集》④。讀朱竹垞《詞綜》⑤，張臯文、董晉卿（晉卿當為子遠）《詞選》⑥，令人回想沈德潛《三朝詩別裁集》⑦。

【注釋】

①《尊前》：《尊前集》是唐五代詞選集。宋人提到此書，多稱《唐尊前集》，以此書為唐末人所編。書收錄詞家三十六人，二百六十首。

②徐陵：（五〇七年～五八三年），字孝穆，東海郯（今山東郯城）人。南朝梁陳間的詩人，文學家。《玉台新詠》是徐陵編的一部上繼《詩經》、《楚辭》下至南朝梁代的詩歌總集。

③《草堂詩餘》：是一部南宋何士信編輯的詞選，其中詞作以宋詞為主，兼收一小部分唐五代詞。

④《才調集》：唐詩選集。此書是今存唐人選唐詩中選詩最多最廣的一種。由五代後蜀文人韋穀［ㄏㄨˋ］編選。

⑤《詞綜》：詞總集。清代朱彝尊、汪森編。所錄詞作二千二百五十多首，是一部規模較大的詞總集。

⑥董子遠：董毅，字子遠，清代詞人，系張惠言（字皋文）外孫。繼張氏《詞選》編成《續詞選》。

⑦沈德潛（一六七三年～一七六九年），字確士，號歸愚，長洲（今江蘇蘇州）人，清代詩人。《三朝詩別裁集》：指沈德潛編選的《唐詩別裁集》《明詩別裁集》《清詩別裁集》。

【譯文】

讀《花間集》和《尊前集》，讓人聯想到徐陵的《玉台新詠》。讀《草堂詩餘》，令人想到韋縠的《才調集》。讀朱彝尊的《詞綜》和張惠言、董毅的《詞選》，讓人聯想到沈德潛的《三朝詩別裁集》。

〔四十六〕明季國初諸老之論詞，大似袁簡齋①之論詩，其失也，纖小而輕薄。竹垞以降之論詞者，大似沈規愚②，其失也，枯槁而庸陋。

【注釋】

①袁簡齋：袁枚（一七一六年～一七九七年）清代詩人、散文家。字子才，號簡齋，晚年自號倉山居士、隨園主人、隨園老人。

②沈規愚：指沈德潛。

【譯文】

明末清初的前輩們評論詞，大都像袁枚評論詩，他們的失誤在於纖細

微小且輕浮淺薄。朱彝尊之後的詞論家，大都與沈德潛相似，他們的失誤在於死氣沉沉且平庸淺陋。

〔四十七〕東坡之曠在神，白石之曠在貌。白石如王衍口不言阿堵物①，而暗中為營三窟之計，此其所以可鄙也。

【注釋】

①阿堵物：語出南朝宋劉義慶《世說新語》，原意指這個東西，後代指錢。

【譯文】

蘇軾的曠達體現在他的精神，姜夔的曠達卻只在外表。姜夔就像（《世說新語》中的）王衍一樣，嘴上不提錢，暗中經營「狡兔三窟」的計策，這是他令人鄙夷的地方。

〔四十八〕「紛吾既有此內美兮，又重之以修能。」①文學之事，於此二者，不可缺一。然詞乃抒情之作，故尤重內美。無內美而但有修能，則白石耳。

【注釋】

①紛吾既有此內美兮，又重之以修能：出自屈原的《離騷》，意思是：我既然已經有了美好的內在品行，又後天努力完備自己的才能。

【譯文】

「紛吾既有此內美兮，又重之以修能。」文學創作方面，對於內美和修能是缺一不可的。但詞是抒情的文學體裁，就更加重視內在品質。沒有內在的美而只有修習的才能，就是說姜夔了。

〔四十九〕詩人視一切外物，皆遊戲之材料也。然其遊戲，則以熱心為之，故詼諧與嚴重二性質，亦不可缺一也。

【譯文】

詩人把一切外在物體都看成是娛樂的材料。但他們的娛樂卻是憑滿腔熱情進行的。所以詼諧幽默和莊重典雅這兩個特質是缺一不可的。

三　附錄二十九則（人間詞話）

三　附錄二十九則

〔一〕蕙風①詞小令似叔原②，長調亦在清真、梅溪間，而沈痛過之。彊村③雖富麗精工，猶遜其真摯也。天以百凶成就一詞人，果何為哉！

【注釋】

①蕙風：況周頤（一八五九年～一九二六年），晚清官員、詞人。原名況周儀，別號玉梅詞人、玉梅詞隱，晚號蕙風詞隱，著有《蕙風詞》《蕙風詞話》。

②叔原：指晏幾道。

③彊村：原名朱孝藏，字藿生，一字古微，號彊村，浙江吳興人，晚清四大詞家之一。

【譯文】

況周頤的小令與晏幾道的水準相似，長調作品的水準在周邦彥和史達祖之間，他的詞所表現的情感比周邦彥和史達祖更加深沉痛切。朱祖謀的詞雖然文字華美精巧，但不如況周頤的感情真摯。上天以百般磨難來

成就一位詞人，到底是為了什麼啊！

〔二〕蕙風《洞仙歌》秋日遊某氏園及《蘇武慢》寒夜聞角二闋，境似清真，集中他作，不能過之。

【譯文】

況周頤的《洞仙歌．秋日獨遊某氏園》和《蘇武慢．寒夜聞角》兩首詞，境界像周邦彥的詞作，但況周頤的其它詞作，沒有能超過這兩首的。

洞仙歌．秋日獨遊某氏園

況周頤

一向閑緣借。便意行散緩，消愁聊且。有花迎徑曲，鳥呼林罅。秋光取次披圖畫。恣遠眺、登臨台與榭。堪瀟灑。奈脈斷征鴻，幽恨翻縈惹。

忍把。鬢絲影裡，袖淚寒邊，露草煙蕪，付與杜牧狂吟，誤作少年游冶。殘

蟬肯共傷心話。問幾見，斜陽疏柳掛。誰慰藉。到重陽、插菊攜萸事真假。酒更貰。更有約東籬下。怕蹉跎霜訊，夢沈人悄西風乍。

蘇武慢．寒夜聞角

況周頤

愁入雲遙，寒禁霜重，紅燭淚深人倦。情高轉抑，思往難回，淒咽不成清變。風際斷時，迢遞天街，但聞更點。枉教人回首，少年絲竹，玉容歌管。

憑作出，百緒淒涼，淒涼惟有，花冷月閒庭院。珠簾繡幕，可有人聽，聽也可曾腸斷。除卻塞鴻，遮莫城烏，替人驚慣。料南枝明日，應減紅香一半。

〔三〕彊村詞，餘最賞其《浣溪沙》「獨鳥沖波去意閑」二闋，筆力峭拔，非他詞可能過之。

【譯文】

朱祖謀的詞，我最欣賞他的《浣溪沙．獨鳥沖波去意閑》的兩首，立意深遠，高超不凡，他的其它詞作都比不上這兩首。

浣溪沙

朱祖謀

其一

獨鳥沖波去意閑。環霞如赭水如箋。為誰無盡寫江天。

並舫風弦彈月上，當窗山髻挽雲還。獨經行地未荒寒。

其二

翠阜紅崖夾岸迎。阻風滋味暫時生。水窗官燭淚縱橫。

禪悅新耽如有會，酒悲突起總無名。長川孤月向誰明。

〔四〕蕙風《聽歌》諸作，自以《滿路花》為最佳。至《題香南雅集圖》諸詞，殊覺泛泛，無一言道著。

【譯文】

況周頤的《聽歌》系列詞作中，自然是《滿路花》寫得最好，至於《題香南雅集圖》等詞，覺得特別平庸，詞句空洞無物。

滿路花

況周頤

蟲邊安枕簟，雁外夢山河。不成雙淚落，為聞歌。浮生何益，盡意付消磨。見說寰中秀，曼睩修蛾。舊家風度無過。

鳳城絲管，回首惜銅駝。看花餘老眼，重摩挲。香塵人海，唱徹《定風波》。點鬢霜如雨，未必愁多。問天還問嫦娥。

〔五〕（皇甫松①）詞，黃叔暘②稱其《摘得新》二首為有達觀之見。余謂不若《憶江南》二闋，情味深長，在樂天③、夢得④上也。

【注釋】

①皇甫松：唐代詩人。字子奇，自號檀欒子，睦州新安（今浙江淳安）人。

②黃叔暘：黃升，南宋詞人，字叔暘，號玉林，又號花庵詞客，建安（今屬福建建甌）人。著有《散花庵詞》，編有《絕妙詞選》。

③樂天：白居易（七七二年～八四六年），字樂天，號香山居士，又號醉吟先生，唐代現實主義詩人。有「詩魔」和「詩王」之稱。

④夢得：劉禹錫，字夢得，晚年自號廬山人，洛陽（今屬河南）人。唐代大儒，哲學家、文學家、詩人。

【譯文】

皇甫松的詞，黃升曾稱讚他的《摘得新》二首有通達開闊的見解。我認為不如他的《憶江南》二首，這兩首詞情調含蓄深遠，耐人尋味，甚

至超過白居易和劉禹錫。

摘得新

皇甫松

其一

酌一卮。須教玉笛吹。錦筵紅蠟燭，莫來遲。繁紅一夜經風雨，是空枝。

其二

摘得新。枝枝葉葉春。管弦兼美酒，最關人。平生都得幾十度，展香茵。

憶江南

皇甫松

其一

蘭燼落，屏上暗紅蕉。閑夢江南梅熟日，夜船吹笛雨瀟瀟。人語驛邊橋。

其二

樓上寢，殘月下簾旌。夢見秣陵惆悵事，桃花柳絮滿江城。雙髻坐吹笙。

〔六〕端己詞情深語秀，雖規模不及後主、正中，要在飛卿之上。觀昔人顏、謝優劣論可知矣。

【譯文】

韋莊的詞感情深沉、語言秀美，雖然比不上李煜、馮延巳那麼高遠，但超過了溫庭筠。看看前人怎麼評論顏延之和謝靈運的優劣，就知道溫

庭筠和韋莊的高低了。

〔七〕（毛文錫①）詞比牛、薛②諸人，殊為不及。葉夢得③謂：「文錫詞以質直為情致，殊不知流於率露。諸人評庸陋詞者，必曰：此仿毛文錫之《贊成功》而不及者。」其言是也。

【注釋】

①毛文錫：唐末五代時詞人，字平珪。

②薛：原名薛昭蘊，唐末詞人。字澄州，河中寶鼎（今山西榮河縣）人。

③葉夢得：（一〇七七年～一一四八年）宋代詞人。字少蘊。蘇州吳縣人，號石林居士，所著詩文多以石林為名。

【譯文】

毛文錫的詞遠遠比不上牛嶠和薛昭蘊的作品。葉夢得說：「毛文錫的詞以質樸率直表達情趣，卻不知道這樣會有爽直粗淺的毛病。人們在評論庸俗淺陋的詞作時，一定會說：這是模仿毛文錫的《贊成功》，又達

不到毛文錫的水準。」這說得沒錯。

贊成功

毛文錫

海棠未坼，萬點深紅。香包緘結一重重。似含羞態，邀勒春風。蜂來蝶去，任繞芳叢。

昨夜微雨，飄灑庭中，忽聞聲滴井邊桐。美人驚起，坐聽晨鐘。快教折取，戴玉瓏璁。

〔八〕（魏承班①）詞遜於薛昭蘊、牛嶠，而高於毛文錫，然皆不如王衍②。五代詞以帝王為最工，豈不以無意於求工歟。

【注釋】

①魏承班：五代時期前蜀詞人，許州人。

②王衍：（八九九年～九二六年），前蜀後主，字化源，初名王宗衍，許州舞陽（今屬河南舞鋼）人，五代十國時期前蜀最後一位皇帝。

【譯文】

魏承班的詞比不上薛昭蘊和牛嶠，比毛文錫的要高明，但他們都不如王衍的詞。五代時期的詞以帝王寫的最精巧，難道不是無意追求精巧才能精巧嗎？

〔九〕顧敻詞在牛給事、毛司徒間。《浣溪沙》「春色迷人」一闋，亦見《陽春錄》。與《河傳》《訴衷情》數闋，當為敻最佳之作矣。

【譯文】

顧敻的詞與牛嶠和毛文錫的水準相當。《浣溪沙・春色迷人》這首，也收錄在《陽春錄》裡，與《河傳》《訴衷情》等幾首詞，應當是顧敻

最好的詞作了。

浣溪沙

顧敻

春色迷人恨正賒，可堪蕩子不還家。細風輕露著梨花。

簾外有情雙燕颺，檻前無力綠楊斜，小屏狂夢極天涯。

河傳

顧敻

其一

燕颺。晴景。小窗屏暖，鴛鴦交頸。菱花掩卻翠鬟欹，慵整。海棠簾外影。

繡幃香斷金鸂鶒。無消息。心事空相憶。倚東風。春正濃。愁紅。淚痕衣上重。

其二

曲檻。春晚。碧流紋細，綠楊絲軟。露華鮮杏枝繁。鶯囀。野蕪平似翦。
直是人間到天上。堪遊賞。醉眼疑屏障。對池塘。惜韶光。斷腸。為花須盡狂。

其三

棹舉。舟去。波光渺渺，不知何處。岸花汀草共依依。雨微。鷓鴣相逐飛。
天涯離恨江聲咽。啼猿切。此意向誰說。艤蘭橈。獨無憀。魂銷。小爐香欲焦。

訴衷情

顧敻

香滅簾垂春漏永，整鴛衾。羅帶重。雙鳳。縷黃金。

窗外月光臨。沈沈。斷腸無處尋。負春心。

訴衷情

顧夐

永夜拋人何處去？絕來音。香閣掩，眉斂，月將沉。
爭忍不相尋？怨孤衾。換我心，為你心，始知相憶深。

〔十〕（毛熙震①）周密《齊東野語》稱其詞新警而不為儇薄。余尤愛其《後庭花》，不獨意勝，即以調論，亦有雋上清越之致，視文錫蔑如也。

【注釋】

①毛熙震：五代時期後蜀詞人。今存詞二十九首，詞多華麗。

【譯文】

周密在《齊東野語》中稱讚毛熙震的詞清新精闢而不巧佞輕佻。我特別喜歡他的那首《後庭花》，不光是意境勝出，即使從情調上來看，也高超清秀，毛文錫是比不上他的。

後庭花

毛熙震

其一

鶯啼燕語芳菲節。瑞庭花發。昔時歡宴歌聲揭。管弦清越。
自從陵谷追遊歇。畫梁塵黦。傷心一片如珪月。閑鎖宮闕。

其二

輕盈舞伎含芳豔。競妝新臉。步搖珠翠修蛾斂。膩鬟雲染。

歌聲慢發開檀點。繡衫斜掩。時將纖手勻紅臉。笑拈金靨。

其三

越羅小袖新香蒨。薄籠金釧。倚欄無語搖金扇。半遮勻面。
春殘日暖鶯嬌懶。滿庭花片。爭不教人長相見。畫堂深院。

〔十一〕（閻選①）詞唯《臨江仙》第二首有軒翥②之意，餘尚未足與於作者也。

【注釋】

①閻選，五代時期後蜀的詞人。

②軒翥〔ㄓㄨˊ〕：飛舉，乘風高舉。

【譯文】

閻選的詞只有《臨江仙》的第二首有乘風高舉的意境，其餘的還稱不

上是好的作品。

臨江仙

閻選

十二高峰天外寒。竹梢輕拂仙壇。寶衣行雨在雲端。畫簾深殿，香霧冷風殘。

欲問楚王何處去，翠屏猶掩金鸞。猿啼明月照空灘。孤舟行客，驚夢亦艱難。

〔十二〕昔沈文懿①深賞（張）泌②「綠楊花撲一溪煙③」為晚唐名句。然其詞如「露濃香泛小庭花④」，較前語似更幽豔。

【注釋】

①沈文懿「ㄩㄝˊ」：指沈德潛。

②張泌：五代後蜀詞人，安徽淮南人。是花間派的代表人物之一。

③「綠楊花撲一溪煙」：出自張泌的《洞庭阻風》，意思是綠楊花到處飛，

彷彿溪水上的煙霧。

④「露濃香泛小庭花」：出自張泌的《浣溪沙》，意思是在濃霧籠罩的小庭院中，花兒泛著清香。

【譯文】

前人沈德潛曾大加讚賞張泌的「綠楊花撲一溪煙」一句為晚唐名句。但他的詞中「露濃香泛小庭花」這句比前句好像更加文靜秀美。

洞庭阻風

張泌

空江浩蕩景蕭然，盡日菰蒲泊釣船。青草浪高三月渡，綠楊花撲一溪煙。
情多莫舉傷春目，愁極兼無買酒錢。猶有漁人數家住，不成村落夕陽邊。

浣溪沙

張泌

獨立寒階望月華，露濃香泛小庭花。繡屏愁背一燈斜。

雲雨自從分散後，人間無路到仙家。但憑魂夢訪天涯。

〔十三〕（孫光憲詞①）昔黃玉林②賞其「一庭花（花當為疏）雨濕春愁③」為古今佳句。余以為不若「片帆煙際閃孤光④」，尤有境界也。

【注釋】

①孫光憲：（九〇一年～九六八年），字孟文，自號葆光子，五代時期詞人。

②黃玉林：指黃升。

③一庭疏雨濕春愁：出自孫光憲的《浣溪沙》，意思是：稀疏的春雨將庭院打濕，卻帶來了絲絲愁緒。

④片帆煙際閃孤光：出自孫光憲的另一首《浣溪沙》，意思是：遠看煙水之間，一片雲帆孤零零地閃爍著光芒。

【譯文】

孫光憲的詞，前人黃升讚賞他的「一庭疏雨濕春愁」是古今的好詞句。我認為不如他的「片帆煙際閃孤光」一句更有境界。

《浣溪沙》

孫光憲

攬鏡無言淚欲流，凝情半日懶梳頭。一庭疏雨濕春愁。
楊柳只知傷怨別，杏花應信損嬌羞。淚沾魂斷軫離憂。

《浣溪沙》

孫光憲

蓼岸風多橘柚香，江邊一望楚天長。片帆煙際閃孤光。目送征鴻飛杳杳，思隨流水去茫茫。蘭紅波碧憶瀟湘。

（十四）（周清真）先生於詩文無所不工，然尚未盡脫古人蹊徑。平生著述，自以樂府為第一。詞人甲乙，宋人早有定論。惟張叔夏病其意趣不高遠。然北宋人如歐、蘇、秦、黃，高則高矣，至精工博大，殊不逮先生。故以宋詞比唐詩，則東坡似太白，歐、秦似摩詰，耆卿似樂天，方回、叔原則大曆十子①之流。南宋惟一稼軒可比昌黎。而詞中老杜，則非先生不可。昔人以耆卿比少陵，猶為未當也。

【注釋】

①大曆十子：唐代宗大曆年間十位詩人所代表的一個詩歌流派。據姚合《極玄集》和《新唐書》載：十才子為李端、盧綸、吉中孚、韓翃、錢起、司空曙、苗發、崔峒、耿湋、夏侯審。

【譯文】

周邦彥先生對於詩詞文章都相當在行，但還未能脫離古人的路徑。他一生的著作以樂府詩歌最佳。作詞最好的兩位，宋朝人都早有定論，只有張炎詬病周邦彥的意趣不夠高遠。但北宋詞人如歐陽修、蘇軾、秦觀、黃庭堅等人，意趣是高遠，說到精緻工巧、博大精深，就不如周邦彥先生了。所以如果用宋詞與唐詩做類比，蘇軾猶如李白，歐陽修和秦觀好像王維，柳永可比白居易，賀鑄和晏幾道就是大曆十才子的水準。南宋只有辛棄疾可以與韓愈相類比。而詞中的杜甫，就一定是周邦彥了。前人把柳永比做杜甫，實在不合適。

〔十五〕（清真）先生之詞，陳直齋謂其多用唐人詩句隱栝入律，渾然天成。張玉田謂其善於融化詩句，然此不過一端。不如強煥雲：「模寫物態，曲盡其妙。」為知言也。

【譯文】

周邦彥先生的詞，陳直齋說他大量引用唐朝人的詩句改寫後用到詞中，使詞句渾然天成。張炎說他善於融合詩句，但這不過是周邦彥一方面的特點。還是強煥說得好：「描繪景物時，能將妙處表現得淋漓盡致。」這話說到關鍵了。

〔十六〕山谷云：「天下清景，不擇賢愚而與之，然吾特疑端為我輩設。」誠哉是言！抑豈獨清景而已，一切境界，無不為詩人設。世無詩人，即無此種境界。夫境界之呈於吾心而見於外物者，皆須臾之物。惟詩人能以此須臾之物，鐫諸不朽之文字，使讀者自得之。遂覺詩人之言，字字為我心中所欲言，而又非我之所能自言，此大詩人之秘妙也。境界有二：有詩人之境界，有常人之境界。詩人之境界，惟詩人能感之而能寫之，故讀其詩者，亦高舉遠慕，有遺世之意。而亦有得有不得，且得之者亦各有深淺焉，若夫悲歡離合、羈旅行役之感，常人皆能感之，而惟詩人能寫之。故其入於人者至深，而行於世也尤廣。（清真）先生之詞，屬於第二種為多。故宋時別本之多，他無與匹。又和者三

家。注者二家。（強煥本亦有注，見毛跋）自士大夫以至婦人女子，莫不知有清真，而種種無稽之言，亦由此以起。然非入人之深，烏能如是耶？

【譯文】

黃庭堅說：「普天下清麗的景色，不論是聰明人還是愚笨的人都能看到，但我非常懷疑這景色是只為我們這類人設置的。」這話說得很實在。難道只有清麗的景色是這樣，依我看一切境界都是為詩人設置的。世上如果沒有詩人，就無法呈現這種境界。湧入內心又表現在外的境界，都是瞬間即逝。只有詩人能把轉瞬的短暫用不朽的文字鐫刻下來，讓讀者也能感受到。因此覺得詩人的言語，字字都是我心中想說的，而我又沒能力說出來，這就是大詩人的奇妙之處。境界有兩種：詩人的境界和普通人的境界。詩人的境界只有詩人能感知且能描寫出來，所以讀到詩的人，也能浮想聯翩，達到超脫塵世的意境。（普通人的境界）有的人能感受到，有的人感受不到，感受到的人，也有深淺程度的不同。比如悲歡離合、遠行異鄉的情思，普通人能感知，卻只有詩人能準確寫出來。所以詩能

深深觸動人心，在世間廣泛流傳。周邦彥先生的詞，大多屬於第二種（普通人的境界）。因此他的詞在宋代版本很多，無人能比。還有三人應和他的詞寫作，也有兩人注解他的詞。從士大夫到婦人，沒有不知道周邦彥的，還有各種空穴來風的流言，也因此而興起。如果不是他的詞太打動人，哪能達到這種境地？

〔十七〕樓忠簡①謂（清真）先生妙解音律，惟王晦叔②《碧雞漫志》謂：「江南某氏者，解音律，時時度曲。周美成與有瓜葛。每得一解，即為制詞。故周集中多新聲。」則集中新曲，非儘自度。然顧曲名堂，不能自已，固非不知音者。故先生之詞，文字之外，須兼味其音律。惟詞中所注宮調，不出教坊十八調之外。則其音非大晟③樂府之新聲，而為隋唐以來之燕樂④，固可知也。今其聲雖亡，讀其詞者，猶覺拗怒之中，自饒和婉。曼聲促節，繁會相宣；清濁抑揚，轆轤交往。兩宋之間，一人而已。

【注釋】

①樓忠簡：樓鑰（一一三七年～一二一三年）南宋大臣、文學家。字大防，又字啟伯，號攻媿主人。

②王晦叔：王灼，字晦叔，號頤堂，四川遂寧人。南宋文學家、音樂家。

③大晟：大晟府是北宋官署名。掌樂律。

④燕樂：隋唐以後的俗樂。供宮廷宴飲、娛樂時用。

【譯文】

樓鑰說周邦彥先生擅長音律，只有王灼的《碧雞漫志》中說：「江南某人，精通音律，經常作曲。周邦彥與他有來往。每得到一曲，周邦彥就配詞。所以他的詞集中有很多新曲。」這麼說來他詞集中的新曲，不全是自己創作的。但他用「顧曲」給廳堂取名，可見喜歡音樂而不能自已，肯定不是不懂音律的人。所以周邦彥先生的詞，在文字之外，還必須配上音樂。只是他詞中注明的曲調，都不超出教坊十八調的範圍。那麼他的音樂不是大晟府製作的新樂，而是隋唐以來宮廷宴飲時用的俗樂，這是可以理解的。現在，雖然音樂失傳了，但讀他的詞，覺得不同於平常

的平仄韻律，豐富而婉轉。長聲和短音交相映襯，清濁高低，抑揚頓挫，圓轉往來，此起彼伏。南宋和北宋詞人中，只有他一個人能達到這個水準。

〔十八〕（《雲謠集雜曲子》①）《天仙子》詞特深峭隱秀，堪與飛卿、端己抗行。

【注釋】

①《雲謠集雜曲子》：唐代民間雜言歌辭總集。

【譯文】

《雲謠集雜曲子》中的《天仙子》詞特別深刻雄健、幽雅秀麗，足以和溫庭筠和韋莊的詞相比。

天仙子

其一

燕語啼時三月半。煙蘸柳條金線亂。五陵原上有仙娥，攜歌扇。香爛漫。留住九華雲一片。

犀玉滿頭花滿面。負妾一雙偷淚眼。淚珠若得似珍珠，拈不散。知何限。串向紅絲應百萬。

其二

燕語鶯啼驚覺夢。羞見鸞台雙舞鳳。天仙別後信難通，無人問，花滿洞。休把同心千遍弄。

叵耐不知何處去？正是花開誰是主。滿樓明月應三更，無人語。淚如雨。便是思君腸斷處。

〔十九〕〔王〕以凝①詞句法精壯，如和虞彥恭寄錢遜升（升當為叔）《驀山溪》一闋，重午登霞樓《滿庭芳》一闋、艤舟洪江步下《浣溪沙》一闋，絕無南宋浮豔虛薄之習。其他作亦多類是也。

【注釋】

①王以寧：字周士，生於湘潭（今屬湖南），是兩宋之際的愛國詞人。

【譯文】

王以寧的詞句法雄偉，例如《驀山溪．和虞彥恭寄錢遜叔》《滿庭芳．重千登霞樓》《浣溪沙．艤舟洪江步下》三首詞，全然沒有南宋時期華而不實、空虛淺薄的習氣。他的其它詞作也和這三首類似。

驀山溪．和虞彥恭寄錢遜叔

王以寧

平山堂上，側盞歌南浦。醉望五州山，渺千里、銀濤東注。錢郎英遠，滿腹

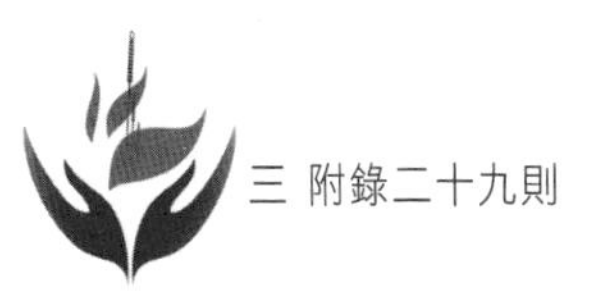

貯精神。窺素壁，墨棲鴉，歷歷題詩處。風裘雪帽，踏遍荊湘路。回首古揚州，沁天外，殘霞一縷。德星光次，何日照長沙。《漁夫曲》，《竹枝詞》，萬古歌來暮。

滿庭芳．重千登霞樓

王以寧

千古黃州，雪堂奇勝，名與赤壁齊高。竹樓千字，筆勢壓江濤。笑問江頭皓月，應曾照、今古英豪。菖蒲酒，窊尊無恙，聊共訪臨皋。陶陶。誰晤對，粲花吐論，宮錦紉袍。借銀濤雪浪，一洗塵勞。好在江山如畫，人易老、雙鬢難蓀。升平代，憑高望遠，當賦反離騷。

浣溪沙．艤舟洪江步下

王以寧

起看船頭蜀錦張，沙汀紅葉舞斜陽。杖拏驚起睡鴛鴦。

木落群山雕玉□，霜和冷月浸澄江。疏篷今夜夢瀟湘。

〔二十〕有明一代，樂府道衰。《寫情》《扣舷》①，尚有宋、元遺響。仁宣以後，茲事幾絕。獨文湣②（夏言）以魁碩之才，起而振之。豪壯典麗，與於湖、劍南為近。

【注釋】

①《寫情》：《寫情集》，明代劉基詞集。《扣舷》：《扣舷集》，無末明初高啟詞集。

②文湣：夏言（一四八二年～一五四八年），字公謹，貴溪（今江西貴溪）人。明代政治家、文學家。

【譯文】

明朝的詞壇衰微。只有《寫情集》和《扣舷集》還保存了宋朝和元朝的遺風。明仁宗、明宣宗之後，詞的發展幾乎中斷。只有夏言以他的傑

出才華使詞壇復興。他的詞豪邁雄壯、典雅華麗，與張孝祥和陸游的風格接近。

〔二十一〕王君靜安①將刊其所為《人間詞》，詒書告余曰：「知我詞者莫如子，敘之亦莫如子宜。」余與君處十年矣，比年以來，君頗以詞自娛。余雖不能詞，然喜讀詞。每夜漏始下，一燈熒然，玩古人之作，未嘗不與君共。君成一闋，易一字，未嘗不以訊余。既而睽離，苟有所作，未嘗不郵以示余也。然則余於君之詞，又烏可以無言乎？夫自南宋以來，斯道之不振久矣！元、明及國初諸老，非無警句也。然不免乎局促者，氣困於雕琢也。嘉道以後之詞，非不諧美也。然無救於淺薄者，意竭於摹擬也。君之於詞，於五代喜李後主、馮正中，於北宋喜永叔、子瞻、少游、美成，於南宋除稼軒、白石外，所嗜蓋鮮矣。尤痛詆夢窗、玉田。謂夢窗砌字，玉田壘句。一雕琢，一敷衍。其病不同，而同歸於淺薄。六百年來詞之不振，實自此始。其持論如此。及讀君自所為詞，則誠往覆幽咽，動搖人心。快而沉，直而能曲。不屑屑於言詞之末，而名句間出，殆往往度越前人。至其言近而指遠，意決而辭婉，自永叔以後，殆

未有工如君者也。君始為詞時，亦不自意其至此，而卒至此者，天也，非人之所能為也。若夫觀物之微，托興之深，則又君詩詞之特色。求之古代作者，罕有倫比。嗚呼！不勝古人，不足以與古人並，君其知之矣。世有疑余言者乎，則何不取古人之詞，與君詞比類而觀之也？光緒丙午三月，山陰樊志厚敘。

【注釋】

①王君靜安：王國維，初名國楨，字靜安，亦字伯隅，初號禮堂，晚號觀堂，又號永觀，諡忠愨。浙江海寧人。是中國近現代相交時期的著名學者。

【譯文】

王國維先生將要出版他的著作《人間詞》，寫信告訴我說：「沒有比你更瞭解我的詞了，為我作序也沒有比你更合適的人。」我和王先生相處十年之久，這些年來，他喜歡寫詞自娛自樂。我雖然不會寫詞，但喜歡讀詞。每當夜幕降臨時，我們對著微弱的燈光，品讀古人的佳作，經常和王先生探討。王先生寫好一首詞，改一個字，也都會告知我。後來分開了，

王先生如果有新的創作，都會寄來給我看。那麼我對先生寫的詞，又怎麼能不發言呢？從南宋以來，詞壇衰敗很久了！元明清各位前輩，不是沒有名句，只是有些拘謹，因雕琢文字而缺乏氣勢。嘉慶道光之後的詞，並非不和諧優美，但一味模仿而顯得淺薄。王國維先生在五代詞中喜歡李煜和馮延巳，在北宋詞中喜歡歐陽修、蘇軾、秦觀和周邦彥，在南宋詞中喜歡辛棄疾和姜夔，喜歡的作家並不多。尤其不欣賞吳文英和張炎的詞，說吳文英堆砌文字，張炎鋪張詞句，一個過分雕琢，一個潦草敷衍。他們的問題不一樣，但都是膚淺單薄的。六百年來詞壇不興，是從他們二人開始的。這是王先生的觀點。等到讀先生作的詞，確實是起伏幽婉，動人心弦。不用勞瘁地靠寫詞討生活，而不時有名句出現，還往往超過前人。至於他的語言平易近人而寓意高遠，意願堅決而言辭委婉，從歐陽修之後，大概還沒有比得上王先生的。王先生剛開始寫詞時，也沒想到自己有這方面的才能，最終能達到這樣高的造詣。他觀察事物的細微之處，寄託深遠的情懷，這又是王先生詩詞的一大特色。古代作者中也很少能與之相比。如果不能勝過古人，就不能與古人相提並論，王先生

當然是知道的。世人如果懷疑我說的話，何不拿古人的詞與王先生的詞比較來看看呢？光緒丙午（一九〇六）年三月，山陰樊志厚書。

〔二十二〕去歲夏，王君靜安集其所為詞，得六十餘闋，名曰《人間詞甲稿》，余既敘而行之矣。今冬，複匯所作詞為《乙稿》，丐余為之敘。余其敢辭。乃稱曰：文學之事，其內足以攄己，而外足以感人者，意與境二者而已。上焉者意與境渾，其次或以境勝，或以意勝。苟缺其一，不足以言文學。原夫文學之所以有意境者，以其能觀也。出於觀我者，意余於境。而出於觀物者，境多於意。然非物無以見我，而觀我之時，又自有我在。故二者常互相錯綜，能有所偏重，而不能有所偏廢也。文學之工不工，亦視其意境之有無，與其深淺而已。自夫人不能觀古人之所觀，而徒學古人之所作，於是始有偽文學。學者便之，相尚以辭，相習以模擬，遂不復知意境之為何物，豈不悲哉！苟持此以觀古今人之詞，則其得失，可得而言焉。溫、韋之精豔，所以不如正中者，意境有深淺也。《珠玉》所以遜《六一》，《小山》所以愧《淮海》者，意境異也。美成晚出，始以辭采擅長，然終不失為北宋人之詞者，有意境也。南宋

詞人之有意境者，惟一稼軒，然亦不欲以意境勝。白石之詞，氣體雅健耳。至於意境，則去北宋人遠甚。及夢窗、玉田出，並不求諸氣體，而惟文字之是務，於是詞之道熄矣。自元迄明，益以不振。至於國朝，而納蘭侍衛以天賦之才。崛起於方興之族。其所為詞，悲涼頑豔，獨有得於意境之深，可謂豪傑之士，奮乎百世之下者矣。同時朱、陳，既非勁敵，後世項①、蔣，尤難鼎足。至乾、嘉以降，審乎體格韻律之間者愈微，而意味之溢於字句之表者愈淺。豈非拘泥文字，而不求諸意境之失歟！抑觀我觀物之事自有天在，固難期諸流俗歟？余與靜安，均夙持此論。靜安之為詞，真能以意境勝。夫古今人詞之以意勝者，莫若歐陽公。以境勝者，莫若秦少遊。至意境兩渾，則惟太白、後主、正中數人足以當之。靜安之詞，大抵意深於歐，而境次於秦。至其合作，如《甲稿．浣溪沙》之「天末同雲」、《蝶戀花》之「昨夜夢中」、《乙稿．蝶戀花》之「百尺朱樓」等闋，皆意境兩忘，物我一體。高蹈乎八荒之表，而抗心乎千秋之間。駸駸乎兩漢之疆域，廣於三代，貞觀之政治，隆於武德矣。方之侍衛，豈徒伯仲。此固君所得於天者獨深，抑豈非致力於意境之效也。至君詞之體裁，亦與五代、北宋為近。然君詞之所以為五代、北宋之詞者，以其有意境在。若以其體裁故，而至遽指為五代、北宋，此又君之不任受。固當與夢窗、玉田之

徒，專事摹擬者，同類而笑之也。

光緒三十三年十月，山陰樊志厚敘。

【注釋】

①項：項鴻祚（一七九八年～一八三五年）清代詞人。原名繼章，後改名廷紀，字蓮生。錢塘（今浙江杭州）人。

【譯文】

去年夏天，王國維先生將他所作詞整理後有六十多首，取名《人間詞甲稿》，我為他作序並出版。今年冬天，他又彙集詞作取名《乙稿》，請我再為作序。我不敢推辭。我認為：文學創作，對內可以抒發自己的感情，對外足以令讀者感動的，關鍵是意和境這兩點。最好的作品意和境融為一體，其次是境或意的某一方面表達得更好。如果缺少任一方面，都不能稱之為文學。

文學之所以有意境，是因為它是觀察的結果。如果出於觀察自己的內心世界，意多於境；如果出於觀察客觀事物，境多於意。但沒有客觀世界就看不到內在的思想，而觀察內心時，又是因為有我的存在。所以兩者常常交錯在一起，可以有所偏重，但不能顧此失彼。文學作品是否精巧，也要看有沒有意境，和意境的深淺了。

現代人不能觀察到古人所觀察的，只是學古人的作品，這樣就有了虛偽的文學。學寫作的人為了方便，崇尚辭藻華美，模擬表面形式，就不再去深究古人的意境是怎樣的，難道不可悲嗎！如果用這個觀點來看古今的詞，那麼其中的得失就可以知道了。溫庭筠和韋莊的詞精巧豔麗，之所以不如馮延巳，是因為意境深淺的差別。《珠玉詞》（晏殊作）之所以不如《六一詞》（歐陽修作），《小山詞》（晏幾道作）之所以不如《淮海詞》（秦觀作），也是因為意境不同。周邦彥出生得晚，他開始以文采擅長，但最終不愧為北宋詞人，是因為有意境的緣故。南宋的詞人有意境的只有辛棄疾一人，但他並不想以意境取勝。姜夔的詞只是氣勢典雅雄健，如果說到意境就與北宋詞人相差甚遠。到了吳文英和張

炎，並不想在氣勢上下功夫，只是雕琢文字，於是詞的根本就消亡了。

從元朝到明朝，更加沒有起色。到了清朝，納蘭性德以天賦的才華，使詞又在新興的民族崛起。他寫的詞，悲涼淒美，意境深遠，可以說是古代的豪傑之士出現在百世之後。同時代的朱彝尊、陳維崧等人不是他的對手，後世的項鴻祚、蔣春霖就更難與他相比。到了乾隆、嘉慶之後，在體裁格調韻律方面推究得更加細微，而表現在字句上的意味更加膚淺。這難道不是拘泥於文字，卻不在意境上下功夫的過失嗎！或者是有上天一直在觀察我們的內在和外在事物，就不能指望世間庸人去做這件事了嗎？我和王先生都一直保持這個觀點。王先生作的詞，真正能以意境取勝。古今詞人中以意取勝的，沒有比得上歐陽修的人。以境取勝的，沒有比得上秦觀的人。說到意境渾然一體，只有李白、李煜和馮延巳等幾個人才能做到。王先生的詞，總體來說意比歐陽修要深，境不如秦觀。說到他的代表作，例如《甲稿》中的《浣溪沙．天末同雲》、《蝶戀花．昨夜夢中》、《乙稿》中《蝶戀花．百尺朱樓》等幾首詞，都達到意境難分，物我一體的境界。意境超出八方之外，縱橫千年之間，馳騁在兩漢廣袤

的疆域，比夏商周三代和貞觀的政治還要寬廣，比唐高祖武德時期更加興隆。

如果和納蘭性德比，何止是難分上下。這確實是王先生有深厚的天賦，還有致力於意境所取得的成就。說到王先生詞的體裁，也與五代和北宋接近，但他的詞之所以是五代和北宋的詞，是因為有那時詞的意境在。如果僅從體裁認定為五代北宋的詞，王先生也不會同意。那就會和吳文英、張炎之類的詞作者那樣，專門模仿寫作，遭到人們的恥笑。光緒三十三（一九〇七年）十月，山陰樊志厚書。

浣溪沙

王國維

天末同雲黯四垂，失行孤雁逆風飛。江湖寥落爾安歸。

陌上金丸看落羽，閨中素手試調醯。今宵歡宴勝平時。

蝶戀花

王國維

昨夜夢中多少恨。細馬香車，兩兩行相近。對面似憐人瘦損，眾中不惜搴帷問。

陌上輕雷聽隱轔。夢裡難從，覺後那堪訊。蠟淚窗前堆一寸，人間只有相思分。

蝶戀花

王國維

百尺朱樓臨大道。樓外輕雷，不問昏和曉。獨倚闌杆人窈窕，閑中數盡行人小。

一霎車塵生樹杪。陌上樓頭，都向塵中老。薄晚西風吹雨到，明朝又是傷流潦。

〔二十三〕歐公《蝶戀花》「面旋落花」云云，字字沈響，殊不可及。

【譯文】

歐陽修的《蝶戀花．面旋落花風蕩漾》這首詞，字字擲地有聲，真是望塵莫及。

蝶戀花

歐陽修

面旋落花風蕩漾。柳重煙深，雪絮飛來往。雨後輕寒猶未放，春愁酒病成惆悵。

枕畔屏山圍碧浪。翠被華燈，夜夜空相向。寂寞起來褰繡幌，月明正在梨花上。

〔二十四〕《片玉詞》① 「良夜燈光簇如豆」一首，乃改山谷《憶帝京》詞為之者，似屯田最下之作，非美成所宜有也。

【注釋】

①《片玉詞》是周邦彥的詞集。

【譯文】

《片玉詞》中的《青玉案．良夜燈光簇如豆》這首詞，是改寫黃庭堅的詞《憶帝京》寫成，似乎是柳永最差的作品，真不像是周邦彥的所寫。

青玉案

周邦彥

良夜燈光簇如豆。占好事，今宵有。酒罷歌闌人散後。琵琶輕放，語聲低顫，滅燭來相就。

玉體偎人情何厚。輕惜輕憐轉唧留。雨散雲收眉兒皺。只愁彰露，那人知後。

把我來僝僽。

憶帝京．私情

黃庭堅

銀燭生花如紅豆。占好事，而今有。人醉曲屏深，借寶瑟、輕招手。一陣白蘋風，故滅燭、教相就。

花帶雨冰肌香透。恨啼鳥、轆轤聲曉。岸柳微涼吹殘酒。斷腸時、至今依舊。鏡中消瘦。那人知後。怕夯你來僝僽。

〔二十五〕溫飛卿《菩薩蠻》：「雨後卻斜陽，杏花零落香。」少游之「雨餘芳草斜陽，杏花零落（落當為亂）燕泥香。」雖自此脫胎，而實有出藍之妙。

【譯文】

溫庭筠的《菩薩蠻》中寫道：「雨後卻斜陽，杏花零落香。」秦觀在

《畫堂春》中寫道「雨餘芳草斜陽，杏花零亂燕泥香。」雖然秦觀的詞是借鑒溫庭筠的詞，但實際上有「青出於藍而勝於藍」的妙處。

菩薩蠻

溫庭筠

南園滿地堆輕絮，愁聞一霎清明雨。雨後卻斜陽，杏花零落香。無言勻睡臉，枕上屏山掩。時節欲黃昏，無聊獨倚門。

畫堂春

秦觀

東風吹柳日初長。雨餘芳草斜陽。杏花零落燕泥香。睡損紅妝。寶篆煙消龍鳳，畫屏雲鎖瀟湘。夜寒微透薄羅裳，無限思量。

〔二十六〕白石尚有骨，玉田則一乞人耳。

【譯文】

姜夔的詞還有風骨在，張炎的詞就像一個乞丐一樣。

〔二十七〕美成詞多作態，故不是大家氣象。若同叔、永叔雖不作態，而一笑百媚生矣。此天才與人力之別也。

【譯文】

周邦彥的詞有些故作姿態，所以不是大家氣派。如果是晏殊和歐陽修，雖然不做作，卻達到「回眸一笑百媚生」的效果。這是天才稟賦和人力雕琢的差別。

〔二十八〕周介存謂白石以詩法入詞，門徑淺狹，如孫過庭①書，但便後人模仿。予謂近人所以崇拜玉田，亦由於此。

【注釋】

①孫過庭：（六四六年～六九一年），唐代書法家，書法理論家。名虔禮，以字行。

【譯文】

周濟認為：姜夔用做詩的筆法寫詞，途徑狹窄，好像孫過庭的書法，只是便於後人模仿而已。我認為，近代的人之所以崇拜張炎，也是因為他的詞容易模仿。

〔二十九〕予於詞，五代喜李後主、馮正中而不喜《花間》。宋喜同叔、永叔、子瞻、少遊而不喜美成。

南宋只愛稼軒一人，而最惡夢窗、玉田。介存《詞辨》所選詞，頗多不當人意。而其論詞則多獨到之語。始知天下固有具眼人，非予一人之私見也。

【譯文】

我對於詞，五代時期的喜歡李煜和馮延巳，而不喜歡花間詞。宋朝喜歡晏殊、歐陽修、蘇軾、秦觀，而不喜歡周邦彥。

南宋只喜歡辛棄疾一個人，最不喜歡吳文英和張炎。周濟在《詞辨》中所選的詞，許多不盡人意，但他對詞的評論卻有很多獨到見解。因此我知道世間還是有獨具慧眼的人，不是就我一個人持有這種看法。

（END）

國家圖書館出版品預行編目(CIP)資料

人間詞話 / 王國維編著. -- 初版. -- 臺北市
: 華志文化事業有限公司, 2023.06
面；　公分. -- (諸子百家大講座 ; 26)
ISBN 978-626-97295-6-2(平裝)
1.CST: 詞論
823.886　　　　　112005585

華志文化事業有限公司
系列／諸子百家大講堂26
書名／人間詞話
書號／D026

編　　著　王國維
執行編輯　簡煜哲
美術編輯　楊雅婷
封面設計　王志強
文字校對　陳欣欣
企劃執行　張淑芬
總 編 輯　黃志中
社　　長　吳志文
出 版 者　華志文化事業有限公司
電子信箱　huachihbook@yahoo.com.tw
地　　址　116台北市文山區興隆路四段九十六巷三弄六號四樓
電　　話　0937075060

總經銷商　旭昇圖書有限公司
地　　址　235新北市中和區中山路二段三五二號二樓
電　　話　02—22451480
傳　　真　02—22451479
郵政劃撥　戶名：旭昇圖書有限公司（帳號12935041）

出版日期　西元二〇二三年七月初版第一刷

華志文化

華志文化